U0910604

黑暗中，我们有幸与光同行

20个以温暖道别、感受生命重量的故事

许伊妃◎著

海南出版社·海口

版权合同登记号：图字：30-2018-042 号

图书在版编目（CIP）数据

黑暗中，我们有幸与光同行：20 个以温暖道别、感受生命重量的故事 / 许伊妃著 . -- 海口：海南出版社，2020.6（2021.11 重印）
ISBN 978-7-5443-9268-6

Ⅰ . ①黑… Ⅱ . ①许… Ⅲ . ①故事 – 作品集 – 中国 – 当代 Ⅳ . ① I247.81

中国版本图书馆 CIP 数据核字 (2020) 第 060170 号

黑暗中，我们有幸与光同行
HEIAN ZHONG, WOMEN YOUXING YU GUANG TONGXING

作　　者：许伊妃
监　　制：冉子健
责任编辑：张　雪
执行编辑：于同同
封面设计：MM末末美书 QQ:974364105
责任印制：杨　程
印刷装订：三河市祥达印刷包装有限公司
读者服务：唐雪飞
出版发行：海南出版社
总社地址：海口市金盘开发区建设三横路 2 号　　邮编：570216
北京地址：北京市朝阳区黄厂路 3 号院 7 号楼 102 室
电　　话：0898-66830929　010-87336670
电子邮箱：hnbook@263.net
经　　销：全国新华书店经销
出版日期：2020 年 6 月第 1 版　　2021 年 11 月第 2 次印刷
开　　本：880mm×1230mm　1/32
印　　张：6.375
字　　数：100 千
书　　号：ISBN 978-7-5443-9268-6
定　　价：39.80 元

编者序

是不是很多人都常常这样想：如果这个世界没有死亡、没有离别、没有悲伤，那么是不是一切将会更美好？也许吧，但我仍觉得，即使死亡存在也没有让这个世界变得更黑暗，因为主宰这个世界的从来都不是生和死，而是爱。当然，死亡是很可怕的，可是，畏惧死亡，是比这死亡更可怕的事。

相信这次的新冠肺炎疫情，让每个人都切实感受到了不管你愿不愿意承认，死亡随时都会降临。在家隔离的这些日子，死神不就在外面游荡吗？每天看到死亡人数统计的数字在增加，才恍然大悟，原来我们真的不知道怎么面对死亡。

我们总觉得活的时间那么长，死只发生在一瞬间，就好像死亡一点儿也不重要，而事实上它很重要。

这本书为我们揭开了死亡的未知的神秘感，故事中的亡者与生者，原本也生活在像我们一样的家庭中，或者说他们所经历的一切我们以后也会经历。因为没有人会逃得开死亡，你将经历亲人的离世，而你的亲人也将经历你的离世。为了好好地活着也好，为了那一刻来临时不必惊慌失措也好，我们得想办法保存好爱和勇气，因为这将是支撑我们走过黑暗的力量。所以不妨来想一想：死亡对我们来说究竟意味着什么？面对死亡我们又该做些什么？我们可以擦干脸上的泪水，但怎么抹去心头的悲伤？在痛彻心扉的时候我们又该如何找回隐藏的爱和温暖，让自己看到希望？

我想，每一个读到这本书的人是幸运的，因为它的文字是有穿透力和疗愈力的。它给我们思考，也给我们答案，它展现给我们的是伴随死亡而来的很多东西，比如充满爱的回忆、精神力量的延续、恪守本分的圆满、来不及说出口的抱歉、没有珍惜时光的遗憾、无法弥补的亏欠……这些东西对于没有经历过死亡的人来说是不会有那么痛彻心扉的感受的，正因为你没有那么痛的感受，所以你活着的时候总是看不开、总是不理解、总是做不到、总是缺少支撑。所以如果我们单纯地以为死亡带来的只是悲伤的眼泪，那么对于生命价值的思考将过于肤浅。死亡的意义可以说是一个关于生命的终极话题，也许不在于人们是否真的能确定它有什么具体的意义，只是在于我们需要这样的思考。

本书作者许伊妃从 16 岁开始接触殡葬业，到她完成这本书的时候她已经在这个行业坚持了 8 年的时间。这 8 年的时间她曾饱受抑郁症的困扰，每天都在和死神搏斗，但她也拿到了生命礼仪师资格证，服务了很多亲人离世的家庭。在书中，她说自己每天穿着一身黑，每天 24 小时浸在那种悲伤的氛围中，但我也读到了她微笑着服务每一个家庭，她把家属当成亲人或者朋友，她理解每种死亡背后的缘分、悲伤、悔恨、恩情……她就像一位灵魂摆渡人，站在生命末日的尽头，连接生与死，引导每一个亡者走向人生的圆满，搀扶着生者从黑暗中走入光明，并传递给他们继续生活下去的力量和勇气。

感谢许伊妃让我们可以安然地思考生命的意义，感谢像许伊妃一样勇敢地站在生命尽头的人，给了我们在黑暗中行走的勇气与力量！

目录

White. 缘起

最初想当白衣天使，现在却身穿黑衣。
曾经叛逆、逃学，什么工作都做不久，
也曾经陷入低潮、抑郁……
但那些曾经，造就了现在的我。
请听我娓娓道来。

Gray. 在白与黑之间

站在生命尽头的入口，
身旁的颜色是白与黑，它们融合成灰色的氛围。
这一刻，有悲伤、愤怒、彷徨……
而更多的，是遗憾。
我能做的，就是陪着他（她）们，
让这一段人生的必经之路获得圆满。

Black. 最后

人生的尽头，谁也避不了，
无须害怕，也无须忌讳，
如果你也能感受到生命的重量，
黑夜的尽头，将迎来温柔的曙光。

序 》》》》》》》》

人生，转泊

谈起工作的时候，说真的，我们就像一群游走在人生终点的人，一群徘徊在世界末端的人。处于人生低潮的人，嘴上总会挂着："就像世界末日来了，快要死了，不能呼吸了。"而我们，就是那群待在末日尽头的人。

每当我感到失落、迷失方向时，就一个人坐在殡仪馆的某个角落里，看着人来人往的景象，盯着灵柩从眼前来来去去，就这样一个人从白天坐到黑夜……这样突兀的行为，总让我觉得仿若重生，同时也消除了我内心所有的疑惑、不解；接着，我会在殡仪馆内绕一圈，然后慢慢地走出……走

出……走出那个自己让自己陷入的万丈深渊。

在殡仪馆或是太平间工作的人，因为忙碌的关系，也因为“转换跑道”的不易，在这个地方通常“只进不出”。我们这群人，身上染了一身“黑”，不只是工作制服黑，也不单单是被外界定义的“奸商赚很多”“死人钱好赚”“暗箱操作”等的幽暗印象，还因为，我们见到的几乎全是眼泪、忧愁、悔恨、痛苦、遗憾，几乎一天 24 小时都浸在这些情绪、这个环境里。这也让我们的心灵更需要调适，因为在这个地方，我们见到了所有的现实，看尽了人生最后的篇章。

常听到有人说：“你们这一行做久了、看多了，应该对这些事麻木了吧？应该看得比较开了吧？”或许吧，某些心胸豁达的同行能将死亡看淡，但我没有办法。我接触过数百个家庭，看得越多，我越是害怕，越是畏惧“那一天”的到来，越是无法想象，如果今天换成我，离世的是我的至亲，我该如何接受，我该如何做到圆满。

这一条路上可能有两种极端的人：一种人将死亡“看

淡”，生离死别在他们眼里就像可以被轻松翻阅的一页纸，他们说这叫“豁达”；另一种人则像我一样害怕死亡，惧怕这样的场景。或许有人会觉得这是“胆小”，但是我想，讲到这里，你们的内心应该充满了很多“为什么”，比如“为什么会害怕？”还是回到上一段我说过的，因为我提早翻阅了人生的最终章，而在这短短几页里，我看见的不单单是生离死别，最能冲击我的，是那些悔恨和痛苦。人的生命一旦走到尽头，是不会再有回头的机会的，而不可否认的是没有人能够预测这一天什么时候会到来，也无法阻止这一天的到来，更没有多余的时间去喊痛。

一般人对殡仪馆很忌讳，就连骑车、开车可能都会特意绕过这里，但这也让那些幸福的人们错过了学习“珍惜”的机会。有的人，一生只会踏进殡仪馆两次，那就是在他的父母亲离世的时候。人因为畏惧而害怕去面对，我在这个地方看见最多的，就是悔恨。

哭着爬回来，用无比颤抖的声音告诉妈妈“我回来了”；因为赌气离家的幼稚行为，在父亲遗体前不停磕头；因为曾经的争执、冲突，在太太灵前抱头痛哭；因为一句来不及说的“爱你”而悔恨自责……每每看到这些画面，我的脑海中始终只有这行字：“来不及了，真的来不及了……”即便再心痛，时间也无法倒回。

在这个地方，有人花大钱布置了华丽有派头的会场，有人却简单而又隆重地送至亲最后一程。常常有人问我，这样会不会太寒酸？这样会不会太简单？我总是告诉家属，你的心意不简单，你的真心最纯粹，这一切最重要的是让自己心里充满温暖，而不是那冷冰冰的排场。没错，告别式是人生的最终章，但时间久了，就像放入塔的那罐灰，随着时间的流逝，慢慢地也没人记得他是谁、你是谁……但是永不褪色的，是你与至亲一辈子爱的回忆，而存档的地方在哪儿？嗯！脑海里。

不知道你认真看完我写的这一千多个字，你的心里想了些什么？你想做什么？脑海中出现了什么片段？你属于心胸豁达的那群人，还是跟我一样胆小的那一类？人生很简单，呼吸就能活着，睁开眼就能存在，但怎么给自己一段毫无遗憾的岁月，是最难的课题。

人没有经历过失去，就不会知道这个伤口有多痛、有多深，也不会知道生命稍纵即逝，眨眼间就画下了句点。当一个生命要离开时，他不留任何余地，留给我们的，就只有从眼睛落下的泪水。它流进嘴巴里，那样的咸苦；流进心里，痛彻心扉。

我常常提醒自己，把每一天当作最后一天，每一天道爱、道歉、道谢、道别，但我依然害怕，害怕的不是死亡，而是面对！我不敢面对的是遗憾，而造成遗憾的，是我想给予的太多，却追不上时间与现实。

文章写到这里，让我有所感慨的依然是我最爱最爱的外婆。岁月催人老，看着您的乌丝变银线，看着您手中拿着的东西从咖啡换成药水，看着您从前灵活的身子到如今缓慢的步伐，看着您胸口的刀疤、脸上的皱纹……跟您说话时，我总觉得您不理我了，我总是假装生气地说："外婆都不理我！"其实是想无视旁人的提醒——外婆耳朵不灵敏了。我每天告诉您：“我好爱您。”看见您骂人，我就睁大眼睛看着您不说话，心里想：万一哪天您不骂了怎么办？看着您睡着的容颜，我也想着：若您此刻一动也不动了怎么办？因为害怕，所以我有时也会忍不住叫醒您。

“唉！”我叹了声气。再怎么想逃避，也无法阻挡岁月的流逝；再怎么拉扯，也知道有一天，您也将长眠……长眠在哪儿？就在我心里，而我会记得的是您一辈子的付出，还有我永远爱您。

我在这个行业，学到了如何为人生着色，为记忆建档。

White.

缘起

最初想当白衣天使，现在却身穿黑衣。

曾经叛逆、逃学，什么工作都做不久，

也曾经陷入低潮、抑郁……

但那些曾经，造就了现在的我。

请听我娓娓道来。

01

故事，从我的外婆说起

当我把自己放在对的位置上，不管多苦我都能忍，不管多早我都爬得起来，不管经历多少挫折我都会找到办法突破。而不是找借口逃避。

每个从事殡葬业的人，都有一个故事，而我的故事，要从我的外婆说起……

在我上幼儿园中班时，父母就离异了，我可以说是外婆带大的小孩。记得小时候，外婆超级忙碌，那时的她，总是打扮得漂漂亮亮的，也常常跟姐妹们聚在一起打牌。若有人问起她在哪儿，亲戚们总是开玩笑地说：“她不是在打牌，就是在去打牌的路上。”

直到有一天，外婆突然时不时地口中念念有词，还莫名其妙地在供奉神明的桌下打滚，甚至上演一些令人摸不着头脑的戏码。例如堵在门口挡住正要进去上厕所的阿姨，告诉她：“你的健康出了很大的问题，必须让我检查检查身体！”

就这样，外婆从一个人人称美的气质高雅的女人，变成了一个人人见了就躲的怪人，还被误以为是精神病患者。

外婆时常看见我一个人坐在小板凳上，无师自通地画着符咒似的图案，多次跟我晓以大义：“孩子啊，你是注定要跟我走同一条路的！”或许，外婆在那时候就已经看出了我的“天命”，但年纪还小的我完全不想被贴上“仙姑”的标签，说什么都不肯屈服，也不相信她。

可能因为在我最需要父母关爱的时候他们却不在我身边，所以我从小就是个很任性的小孩。才上小学二年级的我，竟然敢自己打电话去学校请假不上课；初中三年，我竟转了三次学；高中考到护校，我因为常常迟到被退学。

我曾经立志要当护士，成为一名白衣天使。虽然高中我读了护校，但因为没有好好念书，最后被退学，只好转去高职，然后我接触到了生命礼仪①。没想到白衣没穿上，反倒穿上了这一身黑色制服。

回想过去，为了要破除外婆的“仙姑”说，我每段时期的工作都要避开外婆的“天命”说，我会去尝试很多不同类

---

① 生命礼仪指一个人从婴儿、幼儿、少年到青年、中年、老年等一生所有的仪式。生命礼仪师，1887 年产生于美国，我国民间称为出黑先生、阴阳先生等，亦称殡葬司仪、往生礼仪师，现代正规称谓是生命礼仪师。

型的工作。我曾在咖啡厅当过服务生，那次的结果是我受不了老板的管理方式，发了好大的脾气，摔了杯子走人，我自以为这就叫有个性。我也当过服饰店店员和公司的行政助理，结果我觉得工作好辛苦，一个月才赚那么一点钱就不干了，我自以为这就叫有主张。学广告设计的我也当过室内设计师助理，结果做工程项目需要早起，我某天早上睡过了头，索性就不去上班了，直接睡了个够，我自以为这就叫率性。

当时的我怎么会知道命运是躲也躲不掉的！踏入殡葬业，捺住性子是服务亡者和安慰家属的基本修养；工作时间不见得比别人少，获得的报酬也不见得比别人多；即使是凌晨，只要工作需要，多早我都得赶去接运遗体。

我的个性和态度，全都因为这份工作有了 180 度的大转弯。

我这才发现，这一切都应验了外婆当初所说的，这就是“天命”。当我把自己放在对的位置上，不管多苦我都能忍，不管多早我都爬得起来，不管经历多少挫折我都会找到办法突破。而不是找借口逃避。

02

成为带给别人温暖的太阳

我给了他们最好的协助和陪伴。他们说，看到我就像在阴冷的冬天被太阳照耀般温暖。而这样的能力，正是老师教给我的最珍贵、最让我受用的东西！

我真正叛逆的时期是在初中。我在学校比较爱出风头，因而被学姐们盯上，遭受霸凌。求助无门，我只好用学坏来保护自己，从此也展开了一段“匪类”[①]的青春。

我是师长眼中的问题女孩，同学的父母甚至不准他们跟我一起玩，生怕他们被我带坏。转学没多久，我成了学校附近令人头痛的“知名”人物，做了很多离谱的事——逃课、不回家、跟家人顶嘴、出言不逊、打架、飙车。但是，正是这段惨淡的岁月，改变了我的一生。

从初中开始，我是一个几乎被学校放弃的孩子，唯有语文老师紧紧抓住我不放，因为她看到了我如臭石头般顽劣的个性下，有些地方仍发着光。

父母在我上幼儿园时就离异了，在我正需要人照顾的时候，妈妈不在身边。从小跟着“通灵”外婆长大的我，身边

---

① 匪类：指行为不端正的人，出自清代孔尚任《桃花扇 · 草檄》。——编者注

充满了跟一般同龄孩子不一样的故事。

还记得初中时每次写作文，其他同学都绞尽脑汁地想这次又该编个什么样的故事才足够吸引人，而我总是随手一抓，就有一大把活生生的现实可以写成故事。由于作文里写的都是我自己的真实经历，语文老师也从一字一句中，渐渐认识了真正的我。有一次，老师从文章里看出我因为从小父母离异，缺少家庭温暖，还私底下特别写了一封信给我。信中她对我说：

小美眉：

不管你现在能给他人多少温暖，别人肯定是可以感受到的。

原本，你也是一个需要温暖的人，但是造化弄人，把你变成一个运输幸福的人，所以你不再是那个理当接受祝福的孩子。

没关系！都是幸福，都是良善。

在同一所学校，就是我们的缘分。好好把握青春，不管现在你表现得好还是不好，将来一定要走好，好吗？

要从谷底爬起来本来就不容易，一步一步来，给自己最大、最持久的信心，加油！

范妈

这封信我至今都好好地收在抽屉里，每当我需要正能量的时候，总是会把它打开来重新读一遍，很快我就又充满电了。

我初中的成绩可以说是一塌糊涂，但是在语文老师的鼓励下，我的作文竟然考出了六级分。这简直跌破所有同学的眼镜，唯有老师认为这是理所当然的，因为这原本就是我的实力。

仍记得初三的那个冬天，老师送给我一个特别的圣诞礼物。当时全班同学都在午睡，她悄悄地走进教室，把礼物摆在我的桌上，一只可爱的小麋鹿。或许，老师想要通过这个礼物，让我这个暂时走偏了方向、“迷路”的孩子，拥有找到路的信念和力量。

之后，“成为别人的太阳”就成了我的座右铭，直到我成为一名殡葬工作者。有不少家属也曾经对我说过，当他们的家人过世，他们在人生最无助的时候遇到了我，我给了他们最好的协助和陪伴。他们说，看到我就像在阴冷的冬天被太阳照耀般温暖。而这样的能力，正是老师教给我的最珍贵、最让我受用的东西！

03

亲戚家姐姐的葬礼

参与了“遗体 SPA”的整个过程后，我对于服务遗体这件事产生了浓厚的兴趣，总觉得可以让亡者以最好的面貌走完人生的最后一程，是一件非常神圣、非常有意义的事情。

很多人知道我从事的工作后，最好奇的两件事就是：“是怎样的因缘际会让你从事这个行业？”“难道你不会怕吗？”我总是回答：“怕，我就不会留在这里了！”

从一个坏孩子到成为一个送行者，我真切感受到外婆所谓的“天命”。而转折点就在我初中毕业那年，那一年我参加了一场亲属的告别奠礼。

亡者是一个年仅20岁的姐姐。这是我第一次看见灵车，看见尸袋裹着遗体，看见家属悲痛不已；也是我第一次走进殡仪馆的冷库。我踏着潮湿的地板，呼吸着冷冷的空气。

冷库周围还安放着盖着往生被的其他亡者，有的露出脚，有的露出手。他们与我们天人永隔，却又如此靠近，有种说不出的感觉冲击着我幼小的心灵。

我和外婆还有妈妈一同进去看姐姐，我看着躺在那里、身体早已冰凉的姐姐，久久不能自已。当我回过神来的时候，外婆和妈妈已经走出冷库，两个人惊讶地在门口讨论着："妃妃怎么敢一个人在里面待这么久？！"

那年我15岁，手中握着姐姐的遗物，满脑子想着：姐姐为什么不会动了？阿姨说，明明前一天晚上出门前还跟她通了电话，之后她却再也没有回家……我对这一切充满了好奇，想一探究竟。而整个治丧过程中，给我更大震撼的是姐姐的"遗体SPA"。这个仪式强调三点不露、温水洗净、家属可全程参与。

两位遗体净身师带着庄严的神情对姐姐行90度鞠躬礼，然后帮姐姐用精油按摩全身。她们的手法温柔且专业，整个仪式既庄严祥和又温暖圣洁。

我仿佛能感觉到姐姐僵硬的身体在净身师的按摩下，一寸一寸地绽放、苏醒。这是一个悲伤却充满温情、冰凉却柔软的画面，我看得入了迷，整个人沉浸在一种前所未有的氛围里。

正是因为小姐姐的这场葬礼，我正式启动了外婆一直跟我提起的“天命”；也因为参与了这个神圣的“遗体 SPA”，我成为殡葬工作者后，都会给家属传递一个观念：与其把钱花在给活人看的豪华花圈或是繁复的仪式上，不如把这两万多块留下来，真正用在亡者的身上，让他们“体验”舒服而有尊严的净身仪式。重要的是家人也能在一旁陪同，这才是亡者与家属都需要和想要的，不是吗？！

参与了“遗体 SPA”的整个过程后，我对于服务遗体这件事产生了浓厚的兴趣，总觉得可以让亡者以最好的面貌走完人生的最后一程，是一件非常神圣、非常有意义的事情。

仿佛有缘分牵引着我，16 岁的时候，我在网上找到了一位非常有经验的遗体修复老师。当时妈妈想把我留在她工作的餐厅工作，但是一心想进入殡葬业的我，还是留言给老师说，要不是碍于家人的反对，我现在早就飞到她身边去学习了。

当时老师以过来人的身份叮嘱我，千万不要跟家人吵架，一定要好好沟通，因为殡葬业这条路很不好走、很辛苦，所以更需要家人的支持和认同，别再跟家人“闹革命”了。

几番信息往来，素未谋面的老师，似乎感受到了我求学若渴，某天竟然跟我说：

“妃妃，今天我在苗栗县的通霄镇有项工作要处理，如果你有兴趣的话，我可以带你去见习。”

这是一个多么难得的机会！我甚至还不是老师的学生，也没有交钱上过课，她竟然愿意带领我亲临现场！我二话不说，直奔通霄镇。

亡者是一个 18 岁的女孩，因车祸过世，一直到她离开人世，她的亲生母亲才出现。看着她只不过大我两岁的青春面庞，听了她坎坷的身世，我的心头一阵酸楚。

一般来说，遗体修复师在服务遗体时，只要用清水将亡者的头发和皮肤冲洗干净就算大功告成，但是老师在帮女孩净身前，却慎重地询问家属，女孩平常喜欢用哪种洗发水、哪种香皂、哪些护肤品。她希望家属们能尽量提供这些信息，因为老师希望女孩的最后一次沐浴，是在最舒服、最愉悦、最熟悉的状态下进行的。

接着，老师开始帮女孩洗头。在这个过程中，不断有血水涌出，我在一旁看着都觉得疼。老师微皱着眉头按摩女孩的头部，像个妈妈担心女儿一样，心疼地安抚她："小妹妹不要怕，阿姨帮你找到伤口，缝起来后，就不会流血，也不会痛了……"

当时，我能感觉到这个女孩已经完全把自己交给老师。很快，老师发现伤口不是在头上，因为血水是从女孩的耳朵里流出来的。最后，老师终于用适当的方式按住了伤口，我知道，女孩在老师温柔细心的照顾下，不再感到痛了。

那一刻，老师的举动让我深深体会到什么叫作"视丧如亲"，那颗真挚的同情心有多可贵。对我来说，这比高超的洗头手法或修复技巧更重要，也更能暖进亡者和家属的心里。

老师的态度以及每个动作，家属都看在眼里，她们反馈给老师的，是无比的信任和安心。老师对家属和亡者来说，就像一个救星般闪耀着光芒。

站在老师旁边，我有种“与有荣焉”的感觉。那时我告诉自己，将来也要成为一位像老师一样值得尊敬和信任的遗体修复师。我知道，有朝一日我一定能做到！

我（前排左四）后来去上了老师的课程，和同学们一起与老师合影。我左边是遗体修复老师，右边是另一位对我有很重要影响的法医老师。

04

不爱上学的我，这次不再翘课了

我既让曾经的老师跌破眼镜，也让他们以我为傲。这次我不再逃课，而是努力地把课堂所学“灌溉”到现实中去！

经历了姐姐的葬礼，也接受了“遗体SPA”老师对我的教导，我迫不及待地上网查询与生命礼仪师相关的所有课程和资料。从小，我跟外婆吵着想学的东西不少，但总是三分钟热度，没过多久就放弃了。但这次外婆仍“不计前嫌”地掏钱让我去上培训班。就这样，我正式踏上了殡葬业的探索之路。

那时候，我还是个黄毛丫头，上课有时会打瞌睡，有时会迟到。有一次我迟到了，还自作聪明地跟老师说火车“堵车”了。但不管如何，总有一股力量在鞭策着我，让我每天勤劳地从桃园搭车去台北上课。

九个星期后，我终于要迎接人生的第一次“大考”——丧礼服务丙级证书考试。怎知考试前，我遇到了一连串的考验！

考试当天，我要搭火车到新竹考试，但是我考试用的化妆品在前一天晚上竟然离奇失踪了！于是，我只好提前两个小时出门，向住在杨梅的同学借化妆品。我想这样一定万无一失。当我信心满满地走到火车站时，竟然发生了更惨的悲剧。

“天啊！为什么广告牌都没有显示时刻表？”

我抬头看告示才发现，原来火车因为发生事故而全面停运。当时真是晴天霹雳，我一个人蹲在车站门口，觉得好无助。

我打电话给我当时实习的礼仪公司老板，沮丧地告诉他我可能无法参加考试了，要让他失望了。现在回想起来，我真的要感谢他，因为他告诉我，此路不通就改走别的路，不管怎么样一定要赶去考试，就算坐出租车也要去，就算这一次考不过也要积累点儿经验。

那时候还是学生的我，根本想不到坐出租车，因为这么远的路，车钱一定很贵很贵。还好我的老板给我吃了一粒定心丸：

“妃啊，你现在冷静，坐出租车去，车钱我们帮你出，没关系！”

就是老板的话，让我重新振作起来！

正当我准备上车时，我想到了一个更严重的问题：丙级证书考试的遗体化妆部分要自带模特（当然是活人），而我的模特在台北，她也一样会遇到交通瘫痪的问题！我赶紧打电话给我的模特，她在电话那头告诉我："没关系，我一定会想办法在你考遗体化妆前赶到，你现在要做的事，就是绝对不能放弃！"

于是，我带着他们给我的勇气，拿到化妆品后就马上赶到新竹考试。眼看遗体化妆考试时间就快到了，我的模特却还没出现，我开始绝望地为自己黯淡的前途叹气。就在我即将放弃时，我的模特终于气喘吁吁地向我奔来，那个不离不弃的姿态，真是我见过最最美丽的身影。

幸好遇到老板和模特这两位贵人，他们教会我：只要坚持下去，就没有什么不可能！我顺利地考完试，也如愿拿到了我人生的第一张证书。培训班的老师也以我为傲，对全班同学说："想不到我们班年纪最小的同学，竟然考过了！"

然而，一张证书并不是成功的标志，而是理论与现实搏斗的开始。虽然我考试过关了，但我学到的还只是表面的知识，很多实操性的东西是考不出来的。我跟很多参加考试的人不一样，我是先上课再参加工作的，所以更能深刻地体会：课本上教的与现实中做的，真的是差太多了。

我工作后第一次接触的遗体净身，就与书本上写的完全不一样。但我很感激上天，第一次实操就给了我一次“魔鬼训练”。记得第一次打开尸袋时，因为遗体已经开始腐败，一股浓浓的腐臭味扑鼻而来，当时的我不懂，还以为所有的遗体都是这个味道。

那天过后，连续好几天，我感觉我呼吸到的全是那种腐败的气味。睡觉时我躺在妈妈旁边，跟她说：“妈，我觉得我现在躺在这闻到的全是遗体的味道。”妈妈被吓得久久说不出话来。

另外，我在课本上学到的是，面对亡者，态度要毕恭毕敬，做任何事情都要告知亡者，一定不能从亡者头上绕过去。但我实际看到的却是有些前辈叼着烟，拿着亡者的寿衣试穿、开玩笑；如果遗体太重，只能用“往里倒”的方式入棺的话，我甚至能听到“咚”的一声，事前没有任何人告知亡者需要把他“倒进去”，事后也没有人跟他道歉。看到这些，我整颗心都被揪疼了。从那以后，只要是与前辈一起帮忙净身，遗体入棺前我都会躲到门口，捂着耳朵，生怕又听到那个粗鲁又残忍的声响。

因为当时我是菜鸟，很多事情我只能跟着做，若对亡者说太多话，前辈们还会觉得我是神经病；但执行仪式时，我仍坚持课堂上所学的，告知亡者我执行的所有动作及其意义。我希望在最后的一段路上，他们能得到最人性化的照顾，也希望自己哪天可以独当一面，给每位亡者提供最好的服务。

以前我承诺自己的现在都做到了，感谢课堂上老师教会我的“视丧如亲”。（16 岁时和培训班老师的合照）

05

曾经的抑郁困扰

我也默默地希望，等到哪天我从心魔手中把自己给拯救下来，我也要像班主任那样，去帮助更多跟我一样被抑郁困扰的人。想到此，我感觉自己的正能量更强大了。

我的工作经验随着年龄的增长也在不断地增加，各种杂事、会馆接待、葬礼司仪、遗体美容、遗体修复……几乎什么活都干过。虽然我对这个行业的热情不减，但是只要是人，都会有低潮期。

因为一段感情，我陷入了前所未有的抑郁之境，心情起伏不定，感觉自己快要失控了。这对工作中需要安抚家属情绪的殡葬工作者来说，是致命伤。

朋友硬把我拉出门散心，我主动跟朋友提起，我觉得自己很不对劲，需要看医生。但是病因不明，我也不知道该上哪个医院，挂哪个科。

正当我一筹莫展时，有一天我的手机突然响了起来，我接通后对方唤了一声只有很少人知道的我的小名，然后又突然冒出一句："你还好吗？"听到这句话，电话这头，我的悲伤像被拧开了水龙头的水一样倾泻而下，我不禁捂着嘴哭了起来。

“虽然我们已经失联很久了，但我一直在关注你的网络社群。你最近的留言，或许在别人看来没有什么不寻常，但是在我看来，你的每句话都像是在求救。”

打电话给我的，是我小时候的补习班班主任。说他是看着我长大的一点也不为过，回忆就这样跟着泪水一起不断涌出。

上学时，我是个逃学“惯犯”。班主任知道，只要每次我说家里有事，或是身体不舒服等不能去补习的理由时，我人不是在闹事，就是在前往闹事的路上。

当时的我天不怕地不怕，就怕这个班主任。他就像如来佛，个性再顽劣、法力再强大的泼猴，也逃不出他的手掌心。

有一次我又借故不去补习，他找遍了我可能会去的所有地方，硬是把我给揪了回来。说谎的下场就是：手心伸出来，十大板子伺候。

说谎对班主任来说是很严重的品德问题，那十大板子下手之狠，让全班同学都睁大眼睛，整个教室鸦雀无声。后来，我只记得被处罚的当下，好像有无数被炸开的肉花绽放在我的手掌上，那种痛是深入骨子里的，顽劣如我，还是渐渐被班主任打醒了。

说也奇怪，班主任对大家如此严厉，毕业时，一个个像我一样被他狠狠“教训”过的学生，还是会跑去拥抱他、感谢他。

电话那头的班主任，开始跟我说起他的故事。

曾经，他也以为他会终其一生，在教育行业这块梦田上持续耕耘。但时代变了，他的做法和理念被学生当成垃圾一样丢弃。到后来，一直让他最有动力的学生，也变成了他的心魔。

有段时间他离开了教育行业，努力让自己从抑郁症中走出来；而走出来的他，又花了很长一段时间才重新回到教育行业。在走出抑郁症的同时，上天也给了他一项新的技能，他开始往心理咨询这条路上走。因为他知道自己可以以“过来人”的身份，帮助更多跟曾经的他一样的人。

我这才恍然大悟，为什么他能一下子看出我的无声呐喊。

“你有空的时候，可以跟我聊聊，或许我能帮到你。”班主任说。

“老师，我可以等一下就去找您吗？”在茫茫大海漂流许久，我终于看到浮木靠近，便立刻伸出手，想一把抓住。

“来之前不要吃太多东西。”他特别嘱咐我。

我不懂为什么，向他询问之后我才知道，原来他怕我在咨询过程中，哭得太用力而把食物全都吐出来。

刚听到这样的理由时，我还一度觉得是班主任想太多了，我虽然很无助，却也没有那么脆弱。但很快，我就被自己打脸了。

跟班主任见面后，他发现我是一个有严重睡眠障碍的人。我跟他说，这可能是因为我交往过的男朋友给我留下了“后遗症”。像墨菲定律一样，我越是害怕遇上爱玩的男人，越是会遇到这样的人。

有很多次我半夜醒来，发现身边没有人。久而久之，我产生了一种要是我熟睡的话，身边的人就会离开我、背叛我的恐惧感，所以我一直都无法好好睡觉，总是会在半夜三点钟醒来。

“你再仔细回想一下，你‘第一次’半夜醒来，发现身边的人已经离开你了是什么时候？”

在班主任的不断引导下，我才渐渐想起来，我第一次半夜三点从某个人的臂弯中醒来，却发现身边躺着的人早已不是原来那个人的“恐怖”经历，是在即将读小学一年级的那一年。

那年的一天，与爸爸离婚的妈妈回来了，那天我好开心。晚上她哄我入睡，还向我承诺，她这次回来就不会再离开了。我小小的身躯安心地停泊在妈妈的臂弯里，我以为我从此可以不用再漂泊。

怎知半夜醒来，我发现圈住我的人已经从妈妈换成了姐姐，我号啕大哭到几乎要昏厥过去，我永远记得那时墙上的时钟，指针正好指着三点。

就是从那一天开始，我总是无法让美梦延续到半夜三点以后，尤其是身边有人的时候，我一定会在那个时间点醒来。因为直觉告诉我，我身边的人已经悄悄离开了，已经背叛我了。

“尽管你外表伪装得很强大，但你内心仍是一个没有安全感、渴望家人、渴望爱的小女孩。”班主任说。

听到此，我的眼泪止不住地往外流，悲伤犹如狂风暴雨席卷而来。我边哭边咳，感觉身体里的所有悲伤、埋怨和不甘，都被一一掏了出来。

我抱怨着，这一切都是因为我没有一个完整的家。父母离异时，哥哥姐姐们都大了，他们都曾享受过美好的生活，为什么只有我，年纪还这么小，家就破碎了？明明前一天还塞满玩具的屋子，一觉醒来，却只剩下一只已经没有同伴的红色塑胶小猪。

“你以为当时什么都不懂、最需要人照顾的老幺是最大的受害者吗？你有没有想过，当时最懂事的大哥在想什么？他又遭遇了什么呢？”

我的补习班班主任，当年也是哥哥的补习班班主任。他这才告诉我，当年家道中落后，哥哥是怎样被同学嘲笑和欺侮的。只不过我在面对家庭变化时的反应是把自己变坏，而哥哥的方式却是把自己缩小，甚至把自己藏起来。

我一直以为当时的哥哥是一个沉默不语、没有情绪的小孩，原来这只是他的保护色。原来在这个家，最有资格闹情绪的人并不是我，只是有些事情我没有看到而已。我不禁自省，我是不是过于放大了自己的问题和悲伤？

班主任一点一点地帮我挖掘长久以来造成我心里不安与躁动的根源，试图把我从心魔的手中一寸一寸地给拉回来。在班主任的专业咨询下，我渐渐找到了可以控制自己情绪的方式和能量。

我也默默地希望，等到哪天我从心魔手中把自己给拯救下来，我也要像班主任那样，去帮助更多跟我一样被抑郁困扰的人。想到此，我感觉自己的正能量更强大了。

06

在终点看到了起点

被抑郁困扰的我本来选择把自己藏起来，当一个职场逃兵。主管却拒绝了我的辞呈，他说：“人越是走投无路，越该往前走，才有机会闯出一条新路来！”

以前别人问我，遇到压力时靠什么来纾解。我总是不加思索地说：“靠家属，我每提供一次服务，看见他们从哭泣到对我展露笑脸，这就是最具疗愈力的良药。”

大家听了都很惊讶，但这是我进入殡葬业以来很引以为傲的一件事情。直到那段黑暗的时间，看见家属，我会躲避他们的目光，想要远离他们的情绪。当我察觉到自己的这种变化时，我知道我生病了。如果我再也无法好好地为家属服务，那么我留在这个行业还有什么意义？

那段时间，我的身体里住了两个我，一个是正面的，一个是负面的。负面的那个我，总是很轻易地就能让正面的我就范。

负面情绪“大获全胜”，我决定做个逃兵，向公司提出离职申请，却被主管挡了下来，他说：“人越是走投无路的时候，越该往前走，才有机会闯出一条新路来！”于是，他帮我申请了岗位调动，暂时让我做一些不用深入跟进的服务，只做一些单纯的接待工作。

正式转岗之前，我仍在值班，急诊室传来信息要我们去接运遗体。那天因为是大半夜，我还没来得及戴上隐形眼镜，就跟着学长去了急诊室。

亡者是意外过世，送来时还是位没有家属认领的无名氏，他的头部明显有一大片血渍，看到此我们已经心中有数。学长走过去，掀开盖在亡者脸上的纱布，验证了我们的臆测：“嗯，是跳楼。”

当时被心魔缠住的我，怯懦地缩在一角，完全不敢上前去触碰遗体。因为透过模糊的视线，我发现亡者的发型、纱布下面露出的额头的弧度、身上的刺青，以及红色上衣搭配短裤的穿着，竟然与跟我感情最好的舅舅如此相似。

我的舅舅患有严重的躁郁症，发病时也曾闹过自杀，他住的地方也正巧在这个区域。这一切的巧合，叫我怎能不往坏处想？在这么寂静的大半夜，在这样冰冷的太平间里，内心承受巨大煎熬的我脑子一片空白，我的手脚被恐惧捆绑住了。

其实，当时只要我走上前去掀开纱布，就能确认躺在床上的那个人究竟是不是舅舅，但是我怎么也没有勇气去揭开答案。

就这样，我悬着一颗心，守了这位无名氏亡者一整晚。

直到第二天早上，我听见远远传来一阵歇斯底里的哭喊声：“你为什么这么傻！为什么这么傻！”

来认领亡者遗体的人，是他的女友，一名空姐。昨天他们吵了一架，长期患抑郁症的他选择了轻生作为结局。

确认了不是舅舅之后，我不禁松开了紧绷了一整夜的肩头。但旋即，我的心又揪了起来，因为眼前躺着的那个人虽然不是我的舅舅，却有可能是我。

这段时间我倍受感情折磨，心中的两个自己，不也常常一个叫我生，一个叫我死吗？我就好像站在悬崖边上，再往前一步就是与家人的天人永隔。

看到眼前这位跳楼身亡的大哥，我就好像看到了自己的结局。但，这就是我想要的吗？我的泪水在空姐捶胸顿足、不甘心却又不得不放手的哭喊中，不自觉地流成了一条无止尽的河。

这件事过去两天后，我被调到了新的岗位、新的服务地点，而我服务的第一个对象，也是一位自杀的亡者。

妈妈说，她的女儿长期受抑郁症之苦，情绪像瓷器般一碰就碎。她的家人为了不让她因为工作或是外来压力受到伤害，一直都让她在家好好休养。没想到家人对她呵护备至，最终她仍选择吞安眠药离开人世。

听着妈妈伤心地说着关于她的点点滴滴，看着照片里她年轻漂亮的笑脸，突然间，我觉得自己仿佛在照镜子，就好像在听别人说我的故事……

我心中那个不知道该怎么活下去的妃妃，总是对另一个想找到生路的妃妃百般怂恿：“既然这么痛苦，不如酒配安眠药，一了百了，求个痛快……”

那时，想活下去的我，赶紧将医生开给我的药全交给母亲，并向她求救："不管我怎么说，都不要把药给我！"当时我和母亲抱在一起，彼此都是那样害怕和无助。

此刻我才领悟，为什么主管要拒绝我的辞呈。要是当初主管没有拦住我，要是他让我回家好好休养，那么此刻没有走出去的我，是不是也会像她一样，就此放弃自己呢？看着眼前这位伤心欲绝的母亲，我仿佛也听见了爱我的家人因为我的轻生而绝望哭喊的声音。

亡者让我看到了自己，家属让我想起了我的家人，我在终点也看到了起点。

"妈妈，我知道您一定很难过……"

自从被抑郁困扰后，这是第一次，我鼓起勇气迎向家属。我将哭倒的她扶起来，拍拍她的肩膀，给她安慰、给她力量。

那一刻我知道，我又重新活过来了。

如果你问我是什么让我熬过那么痛苦的一段日子，我想，帮我撑过那段总是自己跟自己战斗的情绪混乱时期的，除了药物治疗，还有心理咨询师帮我抽丝剥茧找到抑郁的源头，因为我“更了解自己，就更能控制住自己”。此外，最关键的答案也是一开始的答案：

“是家属让我走出来的，让他们从哭泣到微笑，就是一帖疗效最好的良药。”

07

家人的肯定是对我最大的支持

曾经，家人因为这一身黑制服，对我充满了怀疑和不解。直到我们一同参与了亲友的后事，他们看见了我工作的样子，也看见了黑制服闪闪发亮的那一面。

有时天还没亮，我就要赶着出门工作，妈妈会在背后大声碎碎念："你做这个工作真是见鬼了，多早都要去！"

我从事殡葬工作七个年头，家人从来没有见过我工作的样子，这也不能怪他们，毕竟谁会没事跑到殡仪馆"探班"呢？加上我从小就是个爱打架闹事，做什么事都只有三分钟热度的"惯犯"，所以对他们来说，我的工作自然地被解读成莫名其妙的胡闹或是一事无成。

直到去年的一天，家人目睹了我工作的样子，一切才有了转变。

我的外婆是剃度师父，手下有上百个学徒，而干妈是外婆的爱徒之一，她的母亲我唤作婆婆。婆婆已经卧病在床多年，尽管外婆一直替她祈福，但她要离开的那一天终究还是来了。

因为我们两家的关系如同亲人一般，当我接到电话，赶到婆婆家料理后事时，外婆、妈妈和表妹们等一堆亲戚都在。我等了七年，考了那么多资格证，念了那么多书，这是第一次，我的家人看到我工作的样子，他们终于开始理解我工作的意义。此刻，除了哀伤的情绪外，还有我想要在家人面前好好表现的忐忑。

外婆、妈妈和表妹们站在干妈的家门口，看着我跟另一个学长将婆婆的遗体从房里抱了出来。看到这个画面的她们，心里究竟在想些什么？她们是怎样看待我的呢？在帮婆婆执行仪式的过程中，从事殡葬业七年来，我跟家人间的种种，也一幕幕地浮现在我的眼前……

爸爸经营公司，妈妈是餐厅主管，姐姐则是英文老师……每个家人的工作讲起来都是“大有来头”，而我从事的这个行业，对亲戚来讲始终是一个问号。我听过最刺耳的一句话就是：“人好好的、长得漂漂亮亮的，干吗没事跑去做这行啊？”

在他们眼中，这仿佛是一件没有价值的工作。

有一阵子，连我自己也对这份工作产生了怀疑，便逃到了妈妈工作的餐厅里打工。有一天戴着手套切水果的我，却生出一番感慨：“这双手应该去服务亡者，去完成更神圣的使命而不是处理这些水果才对啊！”

面对家人的怀疑，短暂地犹豫之后，我还是选择继续穿着这身黑制服，并以此为傲。尽管如此，挫败感仍然没有放过我。

某个新年，我接运遗体到三更半夜，因为过年期间是殡葬业最忙的时候，我几乎三天三夜都没有合眼。但一家人聚在一起吃年夜饭是家族盛事。奶奶生前有交代，为了凝聚家族的感情，她叮嘱包括我爸爸在内的四个儿子，每年要轮流请客，无论如何都要让大家聚在一起吃年夜饭。

我一直很珍惜每年的这个聚会，也一直以有这么庞大又团结的家族为傲。整个家族的人也很重视这个聚会，即使离婚多年，妈妈还是年年都赶回爸爸那头吃年夜饭。

工作终于结束了，我拖着疲惫的身体，牢记着奶奶的叮咛，直接开车赶去聚会。

怎知我刚踏进家门，那年做东的阿伯看见我一身黑，马上拉下脸来质问我：“你为什么不先回去洗澡换衣服啊？！要是你带衰我刚出生的金孙该怎么办？！”

没想到我满心期待与亲人一起吃团圆饭，竟然迎来这样的批评，我硬忍住泪水，转头就离开了。我浑身颤抖着启动了车子，忍不住放声大哭了起来。我觉得很委屈，也很不服气，难道阿伯这一生都不会遇到生老病死吗？为什么要这样否定我引以为傲的工作？

我承认，自己的思虑并不周全，没有站在阿伯的立场上考虑问题，大过年的，谁会想要看到穿着一身丧服的人来吃年夜饭呢？但我仍觉得很受伤，心中隐隐作痛。

不过也因为这番冲撞，我想要坚持下去，立志要在这个工作领域创出一番成绩，得到家族的肯定。这也就是为什么过了七年，我仍然坚守在这个工作岗位上，直到有机会像现在这样，抱着婆婆的遗体出现在家人的面前。

当我跟家人讲解各种仪式和流程时，我明显感受到妈妈和外婆对我另眼相待。虽然外婆很爱我，但是她一向把我当作孩子，认为不论我做什么事最终都会不了了之。但这次的仪式，她完全信任我，她把婆婆交给我，一切听我的指挥。

在这个家，终于有一件事情是由我来做主了，婆婆的这场仪式也是我人生的一个转折点。

渐渐地，业内认识我的人多了，亲戚们也从新闻里见到了我的付出与改变，他们对待我的方式也开始改变。以前都不让表妹接近我的女强人阿姨，不但开放了禁令，还主动关心起我的工作，甚至希望能在事业上助我一臂之力。

而家人关注的眼神，不只让我回想起从前，也促使我想到未来，我感觉自己应该要再加紧脚步，再多做些什么才不会辜负那些重新看待我的眼光。

踏入这行八年，我让很多人的后事圆满，也让我的外婆、我的妈妈、我的亲戚们认同了我。当妈妈拍着我的肩膀对我说“闺女，你真的长大了，可以独当一面了”时，我仿佛看见自己身上那件黑色制服正在闪闪发亮。

Gray.
在白与黑之间

站在生命尽头的入口，

身旁的颜色是白与黑，它们融合成灰色的氛围。

这一刻，有悲伤、愤怒、彷徨……

而更多的，是遗憾。

我能做的，就是陪着他（她）们，

让这一段人生的必经之路获得圆满。

08

用离别的方式相遇

做我这行，跟“客户”之间的第一次相遇，往往也是互道别离的那一次。认识陈外婆后，我明白了，能用别离的方式相遇，也是一种缘分。

陈大哥是在我的个人网页上看到我的，因为当时陈外婆的状况不好，所以他提早做了准备，希望到时能由我来送陈外婆最后一程。但当时我正在机场，要前往日本做短期进修，搭机前 10 分钟我才接到这个电话，所以我只能将陈外婆的身后事托付给其他的工作伙伴。

但，一切就像注定的。

我结束进修的那一天，正是陈外婆的告别式当天，为了让家属安心，我选择放下手边的工作立刻飞回台北。虽然陈外婆的后事我未能全程参与，但总有一个声音在心中叮嘱自己：“妃妃，无论如何，你都要去见陈外婆一面，去帮她化上最美的妆！”

一下飞机，我就提着化妆箱赶到仪式现场，在等待服务人员帮陈外婆换衣服的过程中，我边担心时间不够，边快速准备着工作用品，并在心里对自己喊话：一定要让陈外婆以最美的容颜离开！

“请家属进来吧！”我转头跟工作人员说。

“家属不在场，不是比较好做事吗？”他们的语气中露出了惊讶。

想起以前我还是见习的新人时，学长也常想办法把家属支出化妆室，就是怕家属意见很多，会在一旁不断干扰我们的工作。但当时待在一旁的我，内心想的却是：要是我是亡者或者家属，我会更希望亲人能参与其中，度过彼此还能互相陪伴的仅存时光。即使只是帮忙挑选一支口红，也是很有意义的事情啊！

所以，我从来不怕让家属来检视我的手法，因为我的一笔一画都是用心而且有道理的。

一切准备就绪，工作人员准备帮陈外婆穿上丧服，我这才发现，他们帮陈外婆准备的是一套黄色的修行服。我端详陈外婆的脸，轻轻摸着她，我对陈外婆说：“这辈子的修行结束了，外婆，您辛苦了！”

然而，因为遗体退冰不完全，身体还不够柔软，原本准备要给陈外婆穿上的修行服，怎么都无法顺利地穿进去。我跟家属解释完发生了什么事情后，回过身对陈外婆说："外婆，今天没有办法让您穿这套衣服去见佛祖，请外婆原谅。"

有人会觉得我很傻，为什么要一直跟亡者说话，她又听不到。但是此刻我仿佛感受到了陈外婆乐观的回应："这是小事情，没关系、没关系啦……"就这样，我感觉我只有得到了陈外婆的体谅，才能得到家属的体谅。

终于，陈外婆着装完成，我可以开始帮她化妆了。因为我要先处理陈外婆舌头外露的问题，这需要运用技巧，我需要用力捏着陈外婆的脸才能完成。这个手法并不复杂，我却多花了一些时间，因为在用力的时候，我真的很担心陈外婆会觉得疼。我的心一直揪着，直到化妆完成的那一刻，看见陈外婆的脸庞呈现出柔和的线条，而家属也松了一口气，我才放下心中的那份沉重和疼惜。

接着，我帮外婆涂上了口红，这是她的儿媳和女儿们一起帮她挑选的，陈外婆渐渐展现出带笑的脸庞，就连家属们也跟着微笑了起来，这就是我坚持要让家属参与化妆的原因。当他们看见亡者的脸庞因为自己的参与和建议，渐渐红润起来时，他们脸上的那份感动和感激，是我做这份工作的动力来源，也是我能获得的最大的成就感。

这才是亡者最后应该要有的、真正漂亮的妆容，不是吗?

最后，我要帮陈外婆画眉毛，我轻轻地将那两道细眉描绘成形。我端详着陈外婆的脸庞，想看看还有什么需要完善之处，突然，我整个人僵在原地，几乎无法动弹。

“怎么会？怎么会那么像！”我忍不住捂住了嘴。

看见陈外婆此刻的神韵、一身黄套装和剃度头的富态模样，我的泪水止不住地往下掉。眼前这个因为我的化妆术而“活”起来的老人家，究竟是陈外婆，还是我自己深爱的外婆？我有点错乱了。

从小把我带大的外婆，是我最爱、最亲的人。我的外婆现在已经 70 岁了，她常跟我说："妃啊，将来外婆走了，你一定要帮我化一个最美的妆！"而我总是要赖似的捂上耳朵，摇着头说："我才不要！我才不要！"因为我最最亲爱的外婆怎么可以离开我！我一直不敢去想那一天，也不愿意面对那一天。

但此刻眼前躺着的、正对着我微笑的陈外婆，却跟我的亲外婆那么相像。我不愿意面对的那一天，竟然由陈外婆帮我做了一次最真实的预演。

家属们觉得很奇怪，为什么我的情绪会那么激动，我把自己外婆的照片拿给她们看，她们也惊讶地直点头说："真的太像了！"

此刻，陈外婆是她们的外婆，也是我的外婆！

我跟着走完整个葬礼流程，从火化到晋塔。所有仪式结束之后，陈外婆的女儿看见我站在那里，主动走过来拉着我的手，那一刻，我们像是陈外婆的女儿跟孙女。这就是我与陈外婆这一家人的故事，我们从陌生人变成了"亲人”，就在这样一个下着微微细雨的早晨。

陈外婆的新家，是一座环境清幽的寺庙。因为陈大哥这些孩子很贴心，他们也帮早已过世的陈外公换了新家，让他住在陈外婆的隔壁。陈外公、陈外婆化成灰了还能相守在一起，一切都圆满了。

我挥手与陈家人道别，陈大哥带着妻子走向我，很诚恳地一再道谢：“谢谢你，真的谢谢你！”

这是最单纯也是最真诚的感谢方式，听起来很简单，但“谢谢你”这三个字却足以让我的感动在心中波涛汹涌。

那天，在两个很特别的时刻下了雨。一次是在陈外婆的灵柩被抬上车准备送去火化的时候，这预示着陈外婆给子孙们留下了财富；另一次是在晋塔结束、我与家属道别的时候，天降甘霖，洗净了陈外婆整个家族过去的尘埃，一切都焕然一新。

在陈外婆生命旅程的最后，我也看见了我的“天命”。我这一生最无法面对的事情就是，终有一天我也要陪伴我最爱的外婆走完人生的最后一程。我拉着行李从日本到了台北，再从桃园到了高雄，让陈外婆的后事圆满，也让自己得到了对自己“天命”的启示。

09

安宁，让爱和想念好好延续

安宁，不是等死；真爱，是尊重他的选择；走好，是没有悔恨地说再见；勇敢，是去面对他的离开。

那天，我要去教安灵的家属折莲花。一上楼，迎面而来的是家属面带笑容的脸庞："妃妃你来啦！"妈妈一直用亲切的台湾地区的方言微笑着说："唉吆不会折内！这勾抹记啊……好像速这样子，速不速？"①

虽然妈妈脸上总是挂着笑，但我看见的，是她故作坚强的外表下，藏着的不安和焦虑。

"来，我们先深呼吸，然后试着放空，吐气……"

家属很配合地跟着我练习吐纳，稍稍缓解妈妈的焦虑后，我才开始教大家折莲花。

在教她们折莲花的过程中，看着妈妈跟两位女儿的互动，我心想：此刻，无论是谁，都能深刻感受到，这一定是个温暖的家庭。可想而知，亡者——那位 90 岁的伯伯，生前一定

① 台湾地区的方言，意思是：我不会折，记不住……好像是这样，是不是？

对家人疼爱有加。

“爸爸一定很疼妈妈，对吧？”我忍不住开口问道。

“哩那欸栽[①]！”妈妈立刻转头看着我，眼中闪耀着小女人幸福的光芒。

“妈，你看妃妃光看你折莲花就知道爸爸很疼你，可见你们两个爱得揪厉害[②]耶！”大姐大笑着调侃妈妈。

“从小到大家里的事大多是爸爸在做，因为他舍不得妈妈太辛苦。”妹妹也边折边搭腔。

一个家庭和不和谐，以及家庭教育如何，在守灵的时候就会一目了然。从我教家属折莲花开始，一直到仪式的最后，她们的脸上始终都挂着笑容，甚至可以说是非常欢乐，完全看不到悲伤的表情；但是，我却可以真切感受到家人对亡者满满的爱与想念。

---

① 台湾地区的方言，意思是：哎呀。

② 台湾地区的方言，意思是：很相爱。

还记得，跟亡者的女儿合力完成第一朵献给爸爸的莲花的那一刻，虽然第一朵成品真的很丑，但她露出的纯真表情跟喜悦，却瞬间美化了那朵莲花。

“好漂亮！妃妃你看，我好棒喔！”她对我竖起大拇指，比出一个赞，还很夸张地表扬了自己一番。

那个瞬间，我看到她表现出来满满的正能量，我非常肯定，这个家庭的教育一定也是正面的。

我问起她爸爸生前的工作，妹妹骄傲地说：

“我爸爸是一名职业军人，都 90 岁了，但外表看上去要年轻一些，体格也像六七十岁的人那样健壮。”

“有一次我们陪爸爸去看医生，医生还对我们说，伯伯看起来身体很硬朗，怎么不把两个手术一次性做完呢？”大姐生动地比画着补充道。

“结果医生看了一下病例，惊讶得合不上嘴，赶紧更正：‘啊，不对不对！伯伯原来已经 90 岁了啊，那当然不能再动手术了！’”

明知道生病，却无法通过手术治疗是件憾事，但是家属口中轻描淡写的回忆，听起来就像开玩笑一样轻松。我知道她们此刻是在用美好的心情，共同怀念那位在她们心中永远健壮的父亲。

姐妹俩继续跟我聊着，仿佛她们的父亲并未离去。“还没有看到诊断报告时，护理师叮嘱爸爸，这个不能吃，那个要注意。但是报告出来后，我们反倒告诉爸爸：‘爸！您想吃什么告诉我们，尽量吃、随便吃！’因为我们知道癌症后期的病人会变得没有食欲，所以也不再忌口了，只要爸爸吞得下去，我们全都买回来给他吃！”

我陪着她们回忆那些与父亲共同经历的时光，就好像我们在一页一页地翻阅着老照片……

“当初我们知道他是癌症晚期时，想着不要让治疗折磨爸爸，那只会让他受更多的苦，看爸爸接下来的日子想要做什么，我们就陪着他一起去完成。但是爸爸却说自己还很强壮，他可以撑过去，所以就开始接受治疗。治疗过程中，他一个已经 90 岁的老人，还是坚持不麻烦别人——这也是他一惯的性格，自己骑着摩托车到处跑……但他毕竟年纪太大了，最后的结果还是无法尽如人意。”

“我爸还说，大炮没把他打死，结果他竟然敌不过病魔！”

听到这里，我不禁肃然起敬，伯伯真的是军人本性啊，充满了不到最后一刻决不放弃的勇气和毅力。

据说抗癌前期，子女们常常回家给爸爸带去信心和鼓励。大女儿告诉我：“每次跟老公回娘家，老爸都会提高分贝跟老公畅谈政治。我爸最喜欢讲政治，他一讲到政治就像完全没病痛一样，变成了无敌铁金刚。而我就负责带好吃的东西回去吸引他吃饭。妈妈每次都说：‘你爸看到你们回来好开心！什么都能聊，什么都想吃了！’”

但日子一天天过去，伯伯还是到了要进入安宁病房的时候。

“去安宁病房的人，是不是都在等死啊？”妈妈刚开始还好担心。

“难道你要看着爸插根管子在那里喘啊喘的一直到死吗？”大女儿反问道。

“人的一生就是求个走好，安宁病房可以让爸爸安详地走完最后一段路。”小女儿也赞同。

她们和我谈起她们的爸爸喜欢喝沙士、喝咖啡，其实按照医生的嘱咐，这些他爱喝的饮品都不能碰，但女儿们骄傲地告诉我：

“我们每次都会故意在他面前引诱他：‘爸！我口好渴啊，好想喝咖啡，你要不要也喝一口，来嘛、来嘛，喝一口。’虽然爸爸喝不多，但是最后我们还是希望他能多少喝点自己喜欢的饮品，能喝多少算多少。”

“爸爸到后期开始消瘦，我们还会跟他开玩笑：‘爸，你看，你多厉害啊，还好你以前够健壮，不然，如果换作是我，不到两天就撑不下去了！’”

我在这一家人身上看见了几个词——安宁、真爱、勇敢、走好！没有哭天抢地的泪水，却更让我感动，我替伯伯感到幸福。

在现在这个时代，许多人在人生的最后阶段，躺在病床上，依靠呼吸器挽留最后那一口气，却毫无尊严、毫无希望。勉强留下的惨淡时光，难道能弥补那些曾经错过的陪伴吗？

我经手过无数因病过世的遗体，看着那些遗体瘦得只剩皮包骨头，皮肤上布满针孔，我总是疑惑，人到底是为了什么而活着，为什么不能选择好好地走。

这一家人选择用开朗的心情，陪着父亲快乐地度过最后一段岁月，即使只能多活一天，那一天也是个好日子。这正是对安宁最好的诠释，也是安宁的最高境界。

安宁，不是等死；真爱，是尊重他的选择；走好，是没有悔恨地说再见；勇敢，是去面对他的离开。

10

下班了，工人大哥

愿勤劳朴实的工人大哥，在这一生“下班”后，能松开紧握了一辈子的双手，在最后一程，放下重担，一路走好。

晚上接到公司的电话，说是有位亡者是工伤意外死亡的，要我们到医院去一趟。

一到急诊室，一位大哥被推了出来，他的身旁没有家属，是位无名氏。尽管没有身份证明，但是从他的穿着我看得出来，他是位建筑工人。我的脑海里瞬间像播放幻灯片般，闪现出许多他工作时的片段，于是不由自主脱口而出："您辛苦了！"

开始相验时，我脱下大哥沾满油漆的鞋子，而他紧紧握拳的双手还戴着手套，因为上面沾满了硬化剂（固化混凝土的一种化学原料），很难脱下来。这个时候的我，心头涌起无限的酸楚，莫名地很想哭。但是相验是一个很严肃的作业阶段，即便我想停下动作、多感受一点也不行，我只能敲醒自己，告诉自己：专业一点！要完工！

我紧握着他的手，试图用体温软化他已僵硬的拳头，因为现场无法说话，所以我只得含着眼泪在心里告诉他：

“大哥，来，我们放轻松，下班了！我们已经下班了喔……”

在心里把话说完，我依然紧皱着眉头，不知道为什么，心酸依然无法释怀。

这位大哥果然是因为在工作中吸入大量有毒气体而丧命的。除了他，从那个毒气外泄的工地，相继有很多身体不适的工人被送到医院就诊。

大多数工人在第一时间发现情况不对时，都凭直觉往外逃；而过世的这位大哥负责地下三层最底端的工程，他仍然抱着努力把事情做好、做完的工作态度，坚守在工作岗位上。不料毒气扩散的速度非常快，一直到断气时，他为了工作、为了生计拼命的手都没有松开。大哥的同事们说：“勤劳朴实的人，却这样离世了！”

最后一个步骤是帮大哥穿上衣服，我帮他翻了个身，看见他嘴角流出了鲜血，那个颜色，真的就像电视剧里演的一样是乌黑的。我脑中的思绪停顿了三秒，然后赶紧帮他擦去嘴角的血渍，但我想，即使现在擦拭干净了，也依然无法抹灭家属心中的疼痛吧。我依然心酸着。

像大哥这样为了家庭、为了生活而努力的工人，却在自己赖以维生的工作中离世，这对他自己和家人来说，情何以堪？

终于，家属来了，他们哭喊着大哥的名字，他不再是位无名氏。施工承包公司的人也来了，他们将一个方块形纸包交给家属。我猜想，那应该是大哥这段时间的薪酬，看到这个画面，我深深体会到什么叫作“用命换来的”。

虽然这位大哥的后事不是由我们单位承办的，但是我们整个单位的同事，都对大哥感到敬佩和尊重，不单单因为他是亡者，还因为大哥借他的离开传递给我们的做事态度。不论大哥生前的背景如何或者他有什么样的过往，至少，一切的一切都因着他的坚持有了延续，谢谢缘分，让我能带着大哥的信念，用文字、用记忆延续他生命的意义。

＊＊＊

在这件事情之后，我又服务了一位泰国籍劳工亡者。通常，在布置灵堂时，家属会在灵桌上摆满纸元宝或是亡者生前喜欢的东西等，而这位外籍朋友却什么也没有。他唯一的生前物品就是一只放了几件换洗衣服的皮箱，此刻正孤零零地被放置在灵桌下。

“他应该就是带着这只皮箱，只身一人来异乡工作的吧？孤单地来，难道也只能孤单地走？”我内心默默地想着，也盼望能有朋友来看看他。

等了许久，在告别奠礼前一天，终于有一群泰国朋友来看他了。几个泰国女生哭着说，要凑钱帮他买一套像样的衣服，让他帅帅地走完这最后一段路。

隔日的告别式上，我也跟着她们一起送了外籍大哥最后一程。在旧衣服被烧掉后，那只陈旧的空皮箱被丢弃在杂乱的垃圾堆中，我默默为他祈祷，希望他的“灵魂”回到自己的家乡，不要再留在异乡一个人漂泊。

一个人在这片陌生的土地上卖苦力，尽管与我们文化不同、生活环境不同，却勤勤恳恳、脚踏实地赚每一分钱，即便最后，只剩下这“异”只皮“乡”。

在医院的太平间，我服务过因工伤意外从高处摔下的亡者，也遇到过因为过度疲劳而离世的其他工作者，他们都是辛勤的劳动者。他们在风吹雨打的环境下工作，让我们有舒服的办公室可以坐，有温暖的家可以住。

是的！为我们遮风挡雨的这些房子都不是外星人盖的，而是这些工人朋友们用他们的血汗甚至生命换来的。

如果你的家人、朋友也是这样的一线工作人员，请在他能感受得到温暖和感激的时候，抱抱他，告诉他：“辛苦了！谢谢你！”

让我们珍惜别人辛苦扛起的每一片瓦、每一块砖，因为正是这些成全了我们的舒适和温暖。谁也无法预知明天会发生什么事，只希望他们这些辛勤工作的人，在这一生“下班”后，能松开紧握了一辈子的双手，在人生的最后一程，放下重担，一路走好。

11

也是家属

球球跟淇淇不只是宠物，更是家人，它们在主人的生命里开出了美丽的花朵，而这朵花也美丽了殡葬业的天空。

外婆的祭奠仪式即将开始，一位家属匆忙地走到柜台前，她态度诚恳，用有点请求意味的口吻说："不好意思，我们有一只小西施狗，可不可以让它也进去，我们会抱着它，不会让它乱跑的。"

从她郑重其事的态度看来，这只小西施狗一定有非参加不可的理由。"没问题，请你抱进来！"我不顾公司的规定，直接答应了。

她瞬间松了一口气，就像放下了心中的一块大石头，原本紧皱着的眉头也松开了。接着她一路小跑，把西施狗抱了进来。

家属祭奠结束后，我找到了抱着西施狗的家属：

"这是外婆养的狗吗？"

"对，它一出生就是外婆在照顾它。"家属含着泪回答我。她怀中的小西施狗，双眼也是泪汪汪的。

“怕它没办法进灵堂，所以外婆过世后到现在，都没有让它来看过外婆。”家属轻轻地说。

“但它每天在家都焦虑地跑来跑去找外婆。所以我顾不得礼数了，还是把它抱来了，想看看能不能得到通融。”

看见家属和小狗感激的眼神，我突然觉得自己刚才不顾一切让它进来，是一个多么明智的决定。

家属抱着小西施狗，面向外婆的遗照，让许久未碰面的她们，好好地“互诉衷肠”。“妈，我带球球来看您啰……”说完她又低头对球球说：“球球看到外婆了吗？外婆现在去当神仙了，你要乖乖的，明天外婆头七才会回家看你喔。”

女儿代替外婆亲吻球球，而球球睁着一双大眼睛，目不转睛地看着外婆的遗照。

“球球好乖喔，外婆没有白疼你。”我摸着球球的头，被它深情的眼神深深地感动着……因为孝志盘里没看见长孙的孝志，我便转头向家属确认：

“外婆家有长孙吗？”

女儿带点遗憾地说：“没有，外婆生了五个女儿。”

“那球球是男生还是女生？”

“它是男生。”女儿回答。

我忍不住失态地拍手叫好：“那长孙就是它了啊！”

我赶紧到办公室拿了长孙的孝志，趁大家点香时给球球系上。家属们回头看见我蹲在地上帮一只小狗系孝志，都忍不住对我微笑了起来。我抬起头，回应他们一个大大的笑容：

“它也是家属啊！”

家属们纷纷围过来说：“真的很谢谢你，外婆一定很开心！”

“它真的是外婆的家人，平常都是它陪外婆睡觉。”女儿摸了摸球球，继续说，“外婆后期坐轮椅，就寝的时间一到，球球会自己先跳到床上，然后呼叫外婆快点上床来一起睡觉。”

其他的家属又哭又笑地纷纷点头称是。

我却听出，女儿的这一席话透露着惭愧和怅惘，应该是源自她陪伴妈妈的不足。有感于此，头七的时候，我请师父把“长孙”球球的名字也加上了，因为它陪伴外婆的时间，搞不好比孝眷还长。

告别式时，球球也到了，它与男性家属一同站在答礼席，也跟着孙子辈一同参与家奠。瞻仰遗容时，家属也不忘抱起球球：

“球球来，我们来看外婆了。”

球球一直在嗅外婆的味道，怎样都不肯离去。看到这一幕，我深刻感受到外婆跟球球，仿佛就是彼此的全世界……这一幕，让大家都鼻子一酸，流下了眼泪。

外婆的最后一段路，一直都是球球陪伴在她左右，那些子女缺席的时光，也是球球填补的。而球球这一生最美好的时光，也是外婆给的。

这天，下着大雨，所有的家属都穿上雨衣，其中当然也包括球球。女儿全程抱着球球，一起绕棺，一起跟着送葬队伍到达火葬场，一起目送外婆进了那个天堂的入口。

到发手尾钱[1]的时候，家属们也为球球留了一份：

“球球，这是外婆留给你的钱钱呦，我们有的你也有！”

外婆留下的铜钱被别在球球的项圈上，它仿佛听懂了，眯着眼睛、哈着气，像是幸福地微笑着，我和家属们也跟着它一起笑了。

* * *

毛小孩（宠物）也是家属，主人走了，它仍会傻傻地寻找与等候。如果角色对换，先走的是它，主人何尝不会执着于思念与守候？

那天，火锅店大哥急着找我写招魂幡。因为他们全家我都熟识，我冒着冷汗问他：

“姓名是？生殁日是？”

---

① 手尾钱：台湾地区以“手尾”泛称死者遗留的一切物品，分手尾钱即专指金钱之分配。

“吕淇淇，16 岁……”听了大哥的话，我才恍然大悟，亡者是那只与他们情同家人的 16 岁雪纳瑞。

意外发生在火锅店附近的龙潭大池。淇淇在大家不注意时跑出去发生了意外。大嫂说有人看见它掉进池水里，却找不到尸体，希望我能帮忙。

有经验的人一听就知道，其实再过个 15 或 20 分钟，狗狗的尸体就会自动浮上来，不用特意寻找也能很快找到。但为了让主人安心，我还是马上动手写起招魂幡。

果然，不久之后淇淇的身体就浮出水面，一家人边哭边喊着它的名字，把它抱了回去。跟其他亡者一样，全家人在灵桌上堆满了淇淇喜欢的零食和玩具，那是一个幸福的小天地。

后来，淇淇真的“回来”了。大嫂说，她看到淇淇在屋子里跑来跑去，而且它看起来不像是一只 16 岁的老狗，而是天不怕地不怕、调皮捣蛋的幼时模样。

“淇淇现在可开心了，不受形体的桎梏，它可以活得更自由自在！”我赶紧趁这个时候安抚家属，希望能让他们从无尽的悲伤中稍微挣脱出来。

“要怎么样才能看到淇淇呢？”大哥的女儿问。

“只有在两种情况下可以看到亡者，一种就是我们很累的时候，一种就是在睡梦中。”大哥拍拍她的肩膀，接着说，“所以说，如果你想快点见到淇淇，就要快点上床睡觉。”

对我来说，让家属心神安定是首要任务，同时也是心理辅导的重点之一。其实，殡葬流程中的很多仪式和说法，并不只是为了安慰亡灵，更重要的是安抚家属。

我们会建议家属在守灵时折莲花，寓意是要让亡者乘着莲花，通往极乐世界。具体来说，这样做的目的是除了让守灵者手上有事做不会睡着之外，也可以让他们认为莲花、元宝折得越多，亡者可以走得越心安，进而将注意力转移到手上的那朵莲花上，稳住不安的心灵。

告诉家属睡梦中比较容易见到亡者，也是为了让他们能暂忘悲伤，好好休息。

大哥的女儿听完这番话后，终于肯乖乖去睡觉了，但上床前她仍不放心地问：“淇淇以后会投胎变成人，还是会转世再当狗啊？”

大哥回答她：“等一下你在梦里见到淇淇，可以直接问它啊。”

“对呵！”女儿终于满足地去睡觉了。

球球跟淇淇不只是宠物，更是家人，这给身为殡葬工作者的我上了一课。谢谢你们，在主人的生命里开出了美丽的花，这朵花，也美丽了殡葬业的天空。

系上孝志的球球。

12

回忆里，最后的面容

白发人送黑发人，这个伤已经够痛了……不能再让任何人或事在这个伤口上撒盐！我希望让家属看到的，是亡者完好的模样、与记忆中的他相差不远的模样。

通常我服务的亡者大多都是寿终正寝的人，但这次遇到的，却是一个因车祸遭受严重撞击而离世的年轻人。与一般亡者不同，对于这种特殊情况的案例，我们还必须进行遗体修复。

这位年轻人的全身都粘着玻璃碎片，这些碎片在光线的折射下，闪着刺眼的光。他的整张脸被大纱布包裹着，大部分的纱布已经被血水染红。还没掀开纱布，我就已经预感到亡者应该有严重的撕裂伤。

看见这样的情形，我告诉自己："一定要尽力帮他修复完整，让他没有缺憾地走。"

验完尸后，家属紧紧抓着我的手，拜托我将他全身的玻璃稍做清理。当时亡者头部的纱布还未掀开，所以他们可能还没发现，亡者最需要清理的部分并非身体。

帮这位年轻人更衣时，我才终于掀开了纱布，这时我才发现，因为被车子从前面撞击过，他的整个头部凹陷得非常严重。我当下第一个想法是：正在外头做笔录的亡者父亲，要是看到儿子现在的样子，一定会承受不住的。

我赶紧把亡者的兄弟姐妹拉到一旁说：

“弟弟的头部状况很不好，爸爸现在在做笔录，检察官会告诉他这个情况。他等一下一定会来揭纱布，我怕爸爸看了会受不了，所以想拜托你们帮我争取点时间，好让我先帮弟弟做好修复……”话还没讲完，爸爸已经走进太平间。

“快点快点……”我赶紧催促兄弟姐妹上前阻止。

我这么做，无非是想要保护这位父亲的心，别让任何人或事再在他的伤口上撒盐，因为原先的伤口就已经够痛了！我希望让家属看到的，是亡者完好的模样、与记忆中的他相差不远的模样。

终于，兄弟姐妹半推半拉地把爸爸带走了，我也才能专心致志地替他好好修复遗容。

在这个家庭里，我看出了很多故事。亡者是爸爸跟前妻的孩子，但爸爸的现任女友却从第一时间开始，就站在旁边跟着默默掉眼泪。与亡者在一起十年的女友，也天天带着便当来看他，没有一天缺席。

到了告别式当天，最后瞻仰遗容的时候，我看见爸爸默默地站在一旁。等到平辈、晚辈全都走了以后，棺木前只剩下他跟儿子的女友。爸爸拉着她的手，轻声叮嘱儿子：

“儿子啊，要保佑这个好女孩找到一个好归宿，一生美满幸福！”

简单的几句话、几个动作，却给了我心潮澎湃的感动。

爸爸看着儿子完好帅气的脸，边抹去脸上的泪水，边安心地笑着。这让我更加确定自己当初没让他揭纱布的决定是对的，也让我在往后的时间里更加坚持自己的做法：不能轻易让家属拉开冰柜或是看到不完整的遗体。

这个坚持，是想让亡者在被家人想念时，浮现出的模样是美好而完整的；这个坚持，也是一种滤镜，柔焦了现实的尖锐和残酷。身为葬礼的掌镜者，我觉得这是我该尽力做到的事情。

家属拜别时，爸爸把儿子的女友拉到同辈家奠的队伍里，让她一起跟着拜别。但我发现她有些尴尬，想退却，我赶紧拿了一条挂红双连巾，蹲在爸爸和她的面前说：

“爸爸，我帮她绑上手巾，让她以家人的身份，陪他走完最后这段路好吗？”

“虽然我没有福气拥有这样的儿媳妇，但是她就像我的女儿、我的家人一样。”爸爸用力地点着头。

我拆下她的胸花，帮她换了身份，她终于可以名正言顺地跟着家奠、答礼、绕棺。一个不一样的决定，让爸爸的期望圆满了，也让女孩那颗因没有身份而忐忑不安的心圆满了。

在每个不完美的故事里，我会竭尽全力让故事的最后变得圆满。

13

记得现在的笑就好

在治丧的过程中，我关心的不只有当下的完满，还有家属从这里回去后，该怎么好好继续过他们接下来的生活。

对我来说，服务亡者是主要任务，但让家属坚强起来，更是身为一个殡葬工作者必须要认真思考和权衡的事。

曾有个让我印象很深的案子，有两位年纪很小的可爱女孩，她们的爸爸因为癌症过世了，只留下妈妈独自照顾她们。身高还没有桌子高的小女孩们，在充满悲伤气氛的空间内捧着牌位，齐声大喊着：

“爸爸，过门啰！”

“爸爸，吃晚饭啰！”

毫无畏惧的声音里充满着不谙世事的天真，这种情形更让人心疼。

那天，葬礼进行到移灵阶段，需要先把遗体移往殡仪馆。通常这时的场面总是众人声嘶力竭、悲伤哭喊，整个氛围是沉郁而悲伤的。但我看着眼前那么幼小的两个孩子，她们洁白无瑕的心还没有经历过任何的泥泞或风暴，甚至还不了解什么是生、什么是死，却要被迫体会天人永隔的心痛。这样的人生课题，未免来得太早，也太沉重了。

像她们这个年纪的孩子，原本应该尽情享受无忧无虑的人生好风景啊！

我看着妈妈强忍着悲伤、进退两难的样子，心想：身为妻子的她，失去了生命中最爱、最重要的丈夫，此刻的心情一定非常悲恸；但身为孩子的母亲，若在孩子面前失去了坚强，在这样的气氛中势必会让她们害怕……

“到大姐姐这边来，我们一起来拍照，来玩扮鬼脸好吗？”我特意将两个小朋友拉到我的身边。

要是此刻同业前辈看到我带着两个孩子在灵堂里玩乐嬉闹，可能会马上上前斥责或是阻止我。但我一心想的是：这两个孩子在年纪还这么小的时候，就走过了如此灰暗的一段路，希望她们的人生不要从此蒙上一层抹不掉的阴影。

我看着她们，默默地在心里说：“孩子们，姐姐希望你们记得现在的笑就好。”

希望她们欢乐的笑声能掩盖周围因为死亡而弥漫的悲痛气息。因为接下来的日子，悲伤的母亲还需要靠两个女儿的乐观和天真撑下去，获得继续往前走的力量。

殡葬业内有不少规矩，但是我觉得，只要能让家属心安，所有规矩都可以转个弯，退一步海阔天空。如祭拜亡者时，按规定不能摆成串的水果，以避免不好的事情接二连三到来，但是如果有家属说，亡者生前最爱吃的就是葡萄或是香蕉，我会告诉他，给亡者想要的才是他最应该做的。

那就把葡萄一颗一颗摘下来或是把香蕉一根一根掰下来摆，这样坏事就不会成串成串来了吧，有何不可呢？

我是一名殡葬工作者，同时也是一名葬礼导演，在治丧的过程中，我关心的不只有当下的完满，还有家属从这里回去后，该怎么好好继续过他们接下来的生活。

我会尽力用最暖、最美的手法移动镜头，让每一幕场景都烙印在人们的记忆里，这样，逝者的笑容才能永远留在人们的心里。

14

我的第一组家属

这是我服务的第一组家属、在太平间巧遇的第一位熟人、圆满服务的第一位亡者……这“第一次”的经历，坚定了我继续前行的信念，也是我执业路上最珍贵的第一堂课！

我永远不会忘记，我进入太平间服务圆满的第一位亡者。

我仍清楚记得第一天到单位上班，因为还很菜，我心情非常紧张。那天，我跟在学长后头到太平间去接运遗体，到达太平间后，有一件事令我惊讶地睁大眼睛，甚至忘记了紧张……

我一直盯着站在一旁的一位家属，因为，我百分之两百确定，眼前这位愁容满面的伯伯我认识，但我就是怎么也想不起来他究竟是谁，在哪里认识的。

明明肯定自己见过某个人，却怎么也想不起来的感觉有多痛苦，大家一定都有体会吧？但，此情此景，我若上前去搭讪未免也太过失礼……不过话又说回来，此刻正是他最需要我帮忙的时候，如果我故意忽略这层关系，岂不是更没人情味！

身为殡葬业新人，我不确定这样的举动是否合适，但我还是顺从了心中的那份好奇和善意，轻轻地向那位家属走去。

当我摘下口罩，正要开口说话的时候，伯伯竟然一眼就认出我了：“啊！是你！”

在这个冰冷又伤感的地方，伯伯见到了熟悉的面孔，而且对方还是殡葬工作者。看得出他跟我一样，心情有些激动，也略有些安心，他一直绷紧着的肩头，瞬间松开了。

这位伯伯是我在念书时认识的，那个时候我只要一下课，就会到百货公司去找在专柜卖茶叶的阿姨聊天，而伯伯是买茶叶的常客，我们就是在那里认识的。

这样的缘分，伯伯也觉得很惊讶：

“记得你以前常常跟我们聊将来想从事殡葬行业，讲了很多关于这行的理想和愿望，没想到今天真的能看到你穿着制服站在这里。”

伯伯说，他的母亲是寿终，家属们也早就咨询好负责的礼仪公司，但现在对方的工作人员还没赶到，所以只有家属们聚集在由我们负责值班的太平间里。

“唉！我们家族有些人信仰天主教，有些人笃信佛教，到底该如何帮妈妈助念，大家都有点不知所措。”伯伯有点苦恼地说。

“没问题，这个交给我处理。”我对伯伯说。

医院已经提早想到有些家属会有这样的需求，因此在太平间的门里供奉了菩萨，以守护亡者，但将门拉上后，门面上还有个大大的十字架，这是为信仰天主教或基督教的家属们祷告用而设计的。

因为伯伯的信任，我站出来协助家属们助念，先把信佛的家属们请到里面，跟着菩萨一起为亡者助念；结束后，再把太平间的大门关上，请另一组信仰天主教的家属在十字架前为亡者祷告。

这是我服务的第一组家属，我也很难得接触到一个家族内有两种不同信仰的家属。虽然信仰不同，但他们彼此间是那样圆融有序，没有谁想要去批评谁或干涉谁。他们用自己最珍贵的信仰为亡者祈福，也尊重彼此悼念亡者的方式。

尽管信仰不同，但整个家族对亡者的缅怀之情却是一致的，他们的感性与理性，在这天给了我很大的启发和冲击。伯伯的母亲在天之灵看到子孙间的互谅互信，此刻也一定会微笑着点头吧。

这次服务虽然不是由我所在的单位提供的，但伯伯对我的信任，让我在正式踏入殡葬业的第一天，就能足够肯定自己走对了路。

助念结束之后，伯伯对我说：

“妃妃，或许今天遇见你，也是我母亲的安排吧，你的善良与专业让我们觉得心安。”

其实我也想跟伯伯说，或许那遇见伯伯，是上天安排他来见证我的抉择和成长吧。

不久之后的一天，我到百货公司去找阿姨谈心，没想到伯伯也在。他开心地跟阿姨描述着我们神奇的相遇经历，还有我处事的专业和用心态度，讲得我都觉得不好意思了。

“伯伯，妈妈的后事处理，一切都好吗？”

我最关心和担心的莫过于此，因为每次听到有亡者或家属被不良从业者草率对待，我就特别过意不去，总觉得要是我当初跳出来极力争取的话，结果就不会是这样了。

伯伯点点头说：“礼仪公司很负责，一切都很顺利。”一直悬在我心头的这件事终于平安落定了。尽管那场葬礼的服务者不是我，但是听到亡者和家属接受了最好的服务，我觉得这就是圆满。

这是我服务的第一组家属、在太平间巧遇的第一位熟人、圆满服务的第一位亡者……这“第一次”的经历，坚定了我继续前行的信念，也是我执业路上最珍贵的第一堂课！

15

遗憾之后，不能再有遗憾

为什么孩子要这么贪玩、不听话？为什么肇事者要酒驾？父母要如何才能没有遗憾、没有怨恨地送孩子先走一步？这种深不见底的伤痛……或许，只有原谅才能释怀。

还记得那年夏天，我接下了一份遗体处理工作，亡者刚二十出头，死因是车祸。亡者的朋友酒驾，意外发生后，驾驶员毫发无伤，但坐在副驾驶的他却不幸身亡。

拉开尸袋，打开往生被，我看到一个原本正值青春年华的大男孩，静静地躺在那儿，时间在他身上静止了。因为是内出血致死，遗体的完整度没有太大的问题，但仔细一看，我禁不住倒抽了一口气，我原以为他脸上只是沾到玻璃碎片，拍干净就好，没想到玻璃全都深深地扎进了肉里。

我试着帮他涂上厚粉，心想：只要用粉遮盖住应该能还给他无瑕的皮肤。没想到厚粉涂上去以后，那些碎片因为光的反射却看起来更加明显。看来，一定要清创才能还原他帅气的脸庞。

清创是把伤口内的所有东西清除干净，也就是说，我必须要将碎玻璃一片一片从亡者的脸上取出来，再用皮肤蜡一滴一滴地把那些洞填满，然后才能完成后续的上妆步骤。

要处理那些密密麻麻的玻璃碎片，对有密集恐惧症的我而言，真的是一大考验。其中有一块碎片插得很深，我必须要用力才行，但我捏着夹子的手不听使唤地颤抖着。

“我知道很痛，但忍一下就过去了！”我是对他，也是对自己喊话。

好不容易拔出来了，他的脸上却出现了一个大洞……突然，我感到一阵晕眩，好像感受到了车祸当时的情形，泪水不自觉地模糊了我的双眼，我也在这一刻下定了决心：

我一定要把他脸上所有的碎片清除干净，哪怕是肉眼根本看不出来的碎屑，因为我不要让他带着车祸现场的任何一样东西去另外一个世界。

不知道填了多少蜡，也不知道时间过了多久，终于，他脸上的伤口被我修复好了。

“没有伤口、没有疼痛，你现在又是帅帅的模样了！”我开心地告诉他，而他似乎也用年轻人酷酷的口吻回应我：

“我知道自己很帅啊！”

我比对着家属给我的照片，现在，他已经恢复成照片里的那个阳光男孩了。然而，我发现美中不足的是，浓眉大眼的他，眉头被杂毛深锁着，于是我决定帮他修出看起来神气又有型的眉毛。

“太帅了，你应该很满意吧！”修完后，我特意站到远处端详他。

“你竟然还帮他修了眉毛，我弟弟真的是太帅了！”身后突然传来一个男子的声音。

我回头一看，是跟弟弟有着同样眉宇和神情的哥哥，我知道虽然此刻他对我笑着，心里却在“下着雨”。我对哥哥笑了笑，转头继续帮弟弟完成最后的工作。

完妆后，我发现他的手依然紧握着，于是我握住他的手说：“我们不要怕，没事了，一切都过去了……”

殡葬业前辈间有个说法，如果亡者的手握得太紧，只要拉着他的手跟他说说话，他的手就会放松下来。其实我知道，亡者握紧的手是因为退冰不完全，而生者的体温能让他的手软化。但是今天，我选择当个迷信的人，拉着他的双手跟他说话，给他温暖，也给他力量。

告别式那天，我第一次见到亡者的妈妈。当时，她愣在那里，看着儿子的遗像发呆。突然，不知道哪来的想法，我不由自主地走到遗像和妈妈的中间，跪了下来："妈妈对不起，弟弟想要跟你说，都是因为他太贪玩了才会发生意外，希望你不要生气。"

听见我的话后，妈妈整个人回过神来，激动地抓住我的双手，一边哭泣一边颤抖着说："妈妈没有生气……妈妈没有生气……"

听到妈妈的话，我的泪也从脸上滑落，这是非常不专业的表现，或许，这是弟弟冥冥之中要我替他跟妈妈道歉吧。

"你，是我儿子的化妆师吗？"妈妈问我。我点点头，眼泪仍止不住地往下掉。她把哭泣的我用力拥进了怀里："你放心，妈妈会原谅他的……”妈妈抱着我激动地哭了很久。

借着我的身体，我知道她感受到了儿子的悔意，而儿子也收到了妈妈的原谅。

送亡者发引火化时，长辈要对“不孝”的晚辈进行象征原谅的敲棺仪式。爸爸紧握着木棍，露出不愿和不舍的表情，我知道他心疼儿子，不想“打”他。

“爸爸，我知道你舍不得……”我的话才说了一半，爸爸就已经无法自已，呜呜地哭出声来。

“我们知道弟弟不是故意的，但是我们也要让他知道，爸爸妈妈已经原谅他了，爸爸妈妈已经不生气了……”

我们除了是殡葬服务人员，同样也肩负着悲伤辅导师的责任。我试着引导爸爸去完成这个动作，目的是先让家属进入悲伤的情绪中，再借助这个动作让家属抽离自责的心境，最终让悲伤成为一个过去式。

敲打完棺木、丢掉拐杖的那一刻，爸爸崩溃了，但也释怀了。

之后，送葬队伍出发了，因为台湾地区的葬礼有长辈、夫妻不能相送的礼俗，所以爸爸妈妈只能在礼厅门口看着儿子远行。我站在一旁，看见爸爸抓紧门框，眼睛急切不安地注视着灵车，我知道爸爸想送儿子最后一程。

因为送葬音乐声音很大，我扯开嗓子对爸爸喊：

“爸爸！长辈不能送晚辈是传统，没错！但是如果您真的想陪儿子走最后一段路，没关系，走！我们去！”

爸爸松开了紧抓着门框的手，急切地往灵车的方向冲。我陪他追了多远我不知道，但我知道的是，我让爸爸尽心也安心了。因为遗憾之后，不能再有遗憾。

我看过很多生离死别，生者封闭自己、抑郁悲伤的不在少数。要适应亲人离世后的新生活，真的需要很大的努力和勇气。

面对酒驾的肇事者，同时也是儿子的朋友，爸爸妈妈勇敢地选择了原谅。他们担心，要是走法律途径，每开一次庭自己要再痛一次；更担心，那个酒驾的孩子要是承受不了压力，写了满满的“对不起”后自杀，那么自己不也成了别人家庭的毁灭者吗？

他们最后对肇事者说：“没关系，只要你悔改，不要再酒驾，吸取教训，就是对我们最好的回报。”

看到这对父母对儿子的原谅、对肇事者的原谅，我感慨万分。希望肇事者能反省自己犯下的大错，并有所体悟，因为能被悲痛的家属接受是一件多么珍贵的事。希望他也能因此去告诫其他的朋友，千万不要酒驾，不要在自己身上或是别人身上烙下永远无法抹灭的伤痕。

这是一场悲伤而美丽的葬礼，爸爸妈妈用原谅，替儿子在通往天堂的方向，铺上了最坚韧也最柔软的丝绸之路。

为什么孩子要这么贪玩、不听话？为什么肇事者要酒驾？父母要如何才能没有遗憾、没有怨恨地送孩子先走一步？这种深不见底的伤痛……或许，只有原谅才能释怀。

16

怎么会是你

旁人以为殡葬工作者遇上自己的亲朋好友离世，必定想亲自帮他们化妆和净身。但人心都是肉长的，越是亲近的人，心被撕裂得越狠，越是无法冷静面对。

虽然朋友们总是笑称我是“殡葬圈的小太阳”，但我也有心情低落的时候。每当这种时候，我就会想起“他”，我的好哥儿们。我们的相识源自我曾帮他料理过亲人的后事，而陪他走过丧亲之痛以后，他也成为我得以倾吐心事的对象。常常，我听他聊他最爱的健身，他听我讲工作中的喜怒哀乐，我们成为无话不谈的好朋友。

记不清我是第几天守在医院的太平间值班，在不见天日的地下空间工作，我特别想跟充满正能量的他聊聊天，但我总是在搜寻到他的手机号码后旋即又打消念头。我告诫自己：不能一直把好朋友当垃圾桶用。

看到我情绪低迷，轮值伙伴要我先去休息一下。睡眼惺忪间，我突然看见他坐在墙角的椅子上。

“咦！你怎么来了？”是心电感应吗？他竟然知道这几天我一直在想他。然而穿着灰色衬衫的他，只是默默地看着我，然后意味深长地叹了一口气。

我突然回过神来，刚刚那是梦吗？这下我睡意全消，可当时已经是半夜了，我也不好打电话给他，便顺手滑开了他的网页……

网页上最新的照片，竟然是一张家属帮他放上去的讣闻！顾不得现在几点钟了，我浑身颤抖着打电话给家属："怎么会发生车祸？他现在在哪里？什么？XX医院？不可能啊！这几天我一直都在这里值班，接运遗体记录里并没有他的名字啊……"

我几近疯狂地跳起来，冲过去查看这几天的亡者名单。我明明都一一确认过，怎么可能会没有看到那三个字？他的名字怎么可能就这样被我忽略掉？我怪自己，怪命运，怪他为什么没有通知我就先走一步，我无助地呜咽了起来。

"他一定是你很好的朋友吧！他知道，如果让你在亡者名单上看到他的名字，你一定会崩溃；如果刚好是你去急救室接运遗体，打开门看见是一年前同一组熟悉的家属，你一定会惊慌失措；如果还要让你亲手拉开尸袋看到他的遗体，对你来说更是一件无比残忍的事情。”一旁的同事拍拍我的肩。

“所以他才会一直瞒着我吗？”我忍不住又哭了起来。

跟他的所有种种，此刻一幕幕地在我眼前浮现。我们从陌生人变成朋友，是多么特殊的缘分。一年前因为一场酒驾引起的车祸，我们送走了他青春年少的弟弟。他第一次见到我时对我说的话还那么清晰地留在耳畔：“谢谢你帮我弟弟化了这么帅的妆。”

他们兄弟的感情是那么深厚，我永远记得，送弟弟去殡仪馆的路上，有一只昆虫一路都跟在哥哥的身边，直到弟弟移灵安厝后才消失不见。而哥哥对弟弟也是恋恋不舍，弟弟去世后，哥哥每到一个地方去游玩时，身上必定会带着弟弟的照片。因为他要让弟弟跟着他，去更多的地方，看更大的世界。

这前后才多久的时间，没想到今年的另一场车祸竟然又夺走了哥哥的生命，夺走了这对父母的另一个儿子，也夺走了我最好的朋友。手上握着有他名字的亡者名单，我号啕大哭起来："怎么会是你？！怎么会是你？！"

此刻在太平间值班的我，从一个工作人员变成了一个失去亲人的家属。

他的家属仍希望我能像帮弟弟一样，帮哥哥净身、化妆，料理一切后事，但是事出突然，尚未整理好心情的我却残忍地拒绝了他们。请原谅我！我真的无法在一年后帮这张不仅与弟弟五官相似，而且还是我最熟识的脸化妆。

但我实在放心不下，仍提前到了仪式现场，却看到一个嚼着槟榔，穿着蓝白拖鞋的殡葬工作者，指挥着几个女孩，正粗鲁地剪开他灰色的衬衫。

我心头一惊，那件衬衫，正是那晚我在太平间梦见他时，他身上穿着的衣服。

热爱健身的他，壮硕的身体已经冰凉，总是笑得很灿烂的脸也褪去了颜色……女孩们开始帮他净身，草率地、冷漠地“处理”着他的身体……

突然，我失去理智似的对着女孩们大喊：“你们不要碰他！”然后抓起一旁的手套胡乱戴上，蹲下来准备要帮他净身。负责人和女孩们都被我的举动触怒了，以为我是来抢生意的同行，对我又叫又骂，试图把我从他们的地盘撵走。

而满怀悲伤与怒火的我，在他们的指手画脚中，却只能张开双手蹲踞在他身旁，没出息地让泪不断地流淌。平常帮亡者净身时总是手法娴熟的我，此刻却像瘫痪一般，双手提不起也放不下，因为我看见他满身的伤口，他痛，我更痛。

终于，穿蓝白拖鞋的大哥发现我情绪几近崩溃，似乎不是来抢生意的，才收起张牙舞爪的姿态，给我同为殡葬业者能懂的理解：“拍谢啦[①]，节哀顺变，不要难过，他是你的朋友？”

我拼命摇头，如果我真的是他的朋友，怎么会连最后

① 意思是：不好意思。

的净身都无法帮他做；然后我又拼命地点头，如果他不是我这么亲近的朋友，我也不会失常到连最骄傲的专业能力都失去。

我亲爱的家人和朋友，请好好照顾自己，我们最好的关系是在生前而不是死后，如果你们先走一步，请原谅我无法拿出专业态度送你们离开。所以请好好地活着，珍惜当下，为了自己，也为了爱你们的人。

17

无名，失

这个世界上不会有任何一具“无名”尸，因为每个人都有父母、爱人或孩子，都曾有一个被记住的名字，都曾带着温热在这个世上存在过。

其实，这个世界上真的没有人会想让自己变成一具无名尸。想想看，一位独居老人，最后决定走上自己结束自己的生命这条路，是多么孤单、多么无助！到底是什么原因，让他用这么悲伤的方式写下自己的人生结局，让自己的岁月成为一个冰冷的故事？

那天我跟师父去处理现场，嗯，没有家属，我捧着牌位。

亡者被发现时，已经离世很多天了，邻居闻到屋里发出的恶臭才报的案。所以即便我们戴着两层口罩，还是无法阻挡遗体已在这栋楼里腐败了一个星期的味道。

我们上到住所，推开门，先看见一张藤椅摆在电视机前，旁边的桌子上放着一份报纸，阳光透过窗户进到屋子里。我扫视着，尝试着找出屋子里的人的所有生活轨迹。

师父摇起铃，开始说出名字与今日到此的缘由，那一刻我则闭上眼，把自己定位在那张一推门就能看见的藤椅上。我试着去感受，他，怎么会选择这样，这其中有多少无奈与孤独。

听着师父掷筊时，铜板撞击地板发出的声音，我的感觉渐渐强烈起来，我似乎解开了所有的疑问。屋子里充满的，应该是他深深的悔恨和委屈，以及想要被原谅的心情吧。

环顾这个房间，里面什么都有，有床、有电视，甚至还有些令人心情愉悦的摆饰。连沾满指纹的眼镜、里边的茶水已经凉透的茶壶，都还放在桌上。看房子的摆设，我感觉主人也不算穷酸，因为整个房间没有那种破旧的感觉；但我却真切地感受到“孤单”“凄凉”几个字，在屋内无依无靠地飘荡着。

事情究竟是怎么发生的？我猜是这样的：一位七旬老翁，手上拿着一本满载回忆的相册或日记之类的，他看着看着，就默默地掉下了两行眼泪，或许他突然又忆起了什么。相册或日记都能轻易被掀开、翻页或合上，但心中的往事肯定有那么一页说什么也翻不过去。

于是，老人家把眼镜摘下来，迈着沉重的步伐，绝望地走到了一个自己最熟悉的地方，用最没有尊严的方式，结束了自己的生命。

警察在事发后好几天，才找到家属来认尸，但没有一个人愿意喊他一声父亲，或是给他陪伴与安慰。我不知道他过去是否犯了什么大错，或是做了什么让家人无法原谅的事，但我相信他已经悔改了，因为，我确实感受到了他的难过和泪水。

安灵的时候，家属丢下几万块钱说：

“什么都不用张罗，什么都不用准备，连照片也不需要放。”

“好，最后需要摆设的东西、需要张罗的仪式就由我来负责和关照吧。”我说。

我替老人家感到心酸。我想：在老人家的最终时刻，我遇到了他，这就是一种缘分。我多希望此刻已经严重腐败的他，还能感受到这个世界仍存有的爱和温暖。

可能他的一个远房亲戚被我触动了，跟我分享了一些亡者过去的经历："他生前也想过要回去，回到以前他曾抛弃的那个家，但是，他的家人已经无法再原谅他了。觉悟来得太晚，家人的心早都凉透了！"

听说，他跟妻小已经有数十年的时间没有见面了。我又想象着老人家独坐在藤椅上的情形，或许一直支撑他独自一人活下去的理由，是户口簿上他的名字后面还有一个"她"的名字，也许就是这个名字支撑他度过了最后的一段日子。

只施舍了一眼，老人家的家属就不再出现了。接下来的日子，我定时到灵堂前替他换脸盆水，替他上香，还时不时唤着他的名字，告诉他该"吃饭"了。

这些日子，除了这位老人家，我也因缘分"认识"了在殡仪馆内安灵的其他亡者们。一般选择在公共殡仪馆安灵的，大多都是退伍军人，或者是没有家属的人。所以我去灵堂为老人家整理上香时，总会看到很多灵桌上的盘香已经燃尽，却无人更换，因为公共殡仪馆没有安排人做这件事。

从那天起，我到了灵堂，不只是替这位老人家上香，还开始检查每个灵桌上的盘香，用我准备的盘香一一替这些没有人照顾的亡者重新点上。我也在心里告诉他们：“伯伯和你们在这相处，多谢你们大家的照顾。”抬头看着每一位亡者的遗像，我不怕，反而觉得越看越熟悉，越看越亲切。

记得那天，台风来得比想象中更急、更狂，我心中一直挂念着在殡仪馆的伯伯。平常除了我，根本不会有人去整理灵堂，也不会有人替他上香。放不下心中的那份牵挂，我还是开车去了殡仪馆，把为他准备的雨衣放在灵桌前，只愿他那颗已经失落的心，不要再挨冻受凉。

可能很多人会觉得我这是多此一举，台风天还跑到殡仪馆送雨衣，而且还是为了一个早已经一动也不动的陌生人。但是，我依然相信他能感受得到，我依然相信坚持做自己认为对的事情，心里的快乐及圆满，无价！

直到告别式当天，亡者也没有等到家人对他的原谅。我只好选择对他说谎，我告诉他，孩子们工作都很忙，但已经特别交代我帮忙照顾他，我在灵桌上布置的这一切，我做的这一切，都是受他家人所托。

我多希望他能相信我的话。虽然他在人世的这条路没能走下去，但我希望他能在另一个世界，跨出充满勇气的一步。

我捧着他的牌位，不断告诉他要走好，虽然没有家属陪着，但不用担心或害怕，因为这段治丧期，我就是他的家属。“伯伯你放心，你走好！”

仪式结束了，纸钱烧完了，我转头对他说：“伯伯拜拜！”我仿佛看到他对于没有一个家人来送他的失望，同时又不忘对我微笑挥手的样子。我知道他此刻正对我说着“谢谢”。我同样也想把“谢谢您来过我的生命”当作最好的道别礼物送给他，让这个礼物作为他孤身一人走路的依靠和力量。

这个世界上不会有任何一具“无名”尸，因为每个人都有父母、爱人或孩子，都曾有一个被记住的名字，都曾带着温热在这个世上存在过。

台风天特地带给伯伯的雨衣。

18

一生的悬念

再短的生命，也曾被家人捧在手心。回顾这短短三年的欢笑与泪水，家属要用多久才能将伤痛过滤掉，只留下美好的风景装裱在永恒的记忆里?

电话响了，我接起电话，对方说："不好意思，我们等一下要送过去一位亡者。"我一如往常地应答："请问亡者姓名？几岁？"

对方回复名字后，紧接着说出了年纪："3 岁。"

"好，我知道了。"

收到信息后，我便开始上楼布置小朋友的灵堂。接待这么年幼的亡者，我希望能给他一个温暖的小天地，让他过来时不会因为陌生而感到害怕。

灵堂布置得差不多了，我退后一步端详，总觉得缺少了点什么，又赶紧跑去买了几包小馒头和水果软糖。我想，我小时候喜欢吃的，或许他也会喜欢吧。

一个小时后，家属带着无声却汹涌的悲伤来了。这是我第一次帮家属点香时双手忍不住颤抖，因为我看见孩子的双亲已经伤心欲绝到讲不出话，只是泪如雨下。所以，我选择安安静静地陪着他们，或许，沉默比声嘶力竭更能释放这份深不见底的哀伤。

第二天，孩子的灵桌上除了有我帮他准备的糖果外，还有家属带来的玩具和饼干，甚至还有他喜欢的 iPad，里面一直播放着他常看的动画片。动画片播放了好几个钟头后，我走过去把它关掉，并以大姐姐的口吻对他说："看太久啰，这样对眼睛不好，稍微休息一下。"

转过头去，我看见他的爸爸妈妈对着我露出难得的笑容，这时我才有机会跟他们说：

"爸爸妈妈，你们帮儿子带来了好多东西，但是有一样是不是忘记带来了？"

"是什么？"他们对我的问题露出了惊讶的表情。

"应该带他平常用的汤匙来，以他的年纪，应该都还不太会用筷子吧。"

听了我的话，他们更惊讶了，然后才恍然大悟，怎么没有想到这一层呢？儿子现在吃饭应该很不方便吧。就这样，我跟孩子的父母拉近了距离，也感觉自己跟这个孩子更亲近了。看着灵桌上那张他在草地上疯玩、天真又可爱的照片，我就觉得更心疼了。

我冒昧地问了一下承办人：“请问孩子是怎么离开的？”得到的回答竟然是：“不知道，死因不明。他原本在幼儿园上课，吃了感冒药突然就走了。”

承办人那句“死因不明”在我的心头像团烈火般熊熊燃烧起来，因为这几个字代表的是：这孩子难躲解剖的“那一刀”。

而“那一刀”打开的不一定是真相，却一定是家属撕心裂肺般的伤痛。

这是一桩上了新闻的社会事件，牵扯到复杂的责任归属，所以我并没有轻易帮家属做任何悲伤辅导，只是默默地在一旁陪伴着。

直到有一天，来了三位拈香人士，孩子的爸爸对他们说：

“我们真的不想再追究了，但是法律规定还有一些手续要履行。我和孩子妈妈的意思是，让孩子快乐地去当天使就好。”

其中一位男士深深地向爸爸鞠了一躬：“如果未来有任何需要我们帮忙的，请您尽管开口。”

“你们真的辛苦了。”二位女士也频频鞠着躬。

“加油！”他们三个人最后给了亡者父母一个又一个90度的深鞠躬便离开了。

我推开门，送他们走出去。看着这三位拈香人士的背影远去，直到他们变成三个小黑点，我能感觉到，他们的内心也是悲痛的。

我第一次开口过问这件事情：“刚刚那是幼儿园的人吗？”爸爸点点头，带着遗憾说：“他们每天都会来看孩子。其实在幼儿园时，孩子跟他妹妹都很喜欢园长，我相信他们也都是爱孩子的。”

那一刻，我看到了他们眼中的原谅和放下，尽管这是一个无比艰难的过程。毕竟孩子是在幼儿园离世的，身为孩子的父母，说不想为孩子讨回公道也是不可能的。我感受到了他们的挣扎，不管新闻怎么挖掘，法律怎么规定，身为父母却只想让孩子快乐，不用解剖就不用再受一次苦。

想到为了厘清孩子的死因，那么小的孩子还要再挨上一刀，我就心痛。逝者已逝，再纠结这些责任归属意义有多大呢？

我看着躲在爸爸身后的亡者的双胞胎妹妹，便试着转移话题，增加一些对话的温度：

“妹妹一直都这么害羞呀？”

“以前不会这么害羞，这几天带她去跟以前的朋友玩，她都无法热络起来。”妈妈无奈地说。

“可能是因为哥哥离开了。”

“对，她以前都是躲在哥哥背后，被哥哥保护，现在变得没有安全感了。”

“妹妹会找哥哥吗？”

爸爸点点头说：“昨天头七只有妹妹看到了哥哥。她说是哥哥先叫她的，然后他们还一起玩了游戏……”

3 岁的孩子不会说谎，知道儿子回来过，妈妈悲伤的表情中透露出一丝欣慰。渐渐地，爸爸妈妈可以笑着面对亲友了，是孩子让他们经历伤痛，也是孩子给了他们力量。

告别式当天，门口来了一辆游览车，里面坐的全是疼爱孩子的叔叔阿姨和他的小伙伴们。诵经结束，跟随着师父的摇铃声，几个小朋友捧着牌位，撑着雨伞前进着，而爸爸却只能像个孩子王似的跟在队伍的最后头。

“弟弟，上车啰！上车啰！”我喊着，将孩子的灵柩迎上灵车。

这时，妹妹从殡仪馆里跟着阿姨走了出来。经过我身旁时，妹妹低落无助的心情毫无遮掩地全写在脸上。她或许不懂天堂在哪里，但是她肯定知道自己从此“少了一半”。

兄妹俩原本“一人一半”的旅程，就要到终点了。我安排妹妹坐上灵车，让她陪这个打从娘胎开始就跟她形影不离的哥哥走最后一段路。灵车缓缓向前，妈妈走在灵车的后头。灰色的天空格外寂静，这场告别式上的人们，内心却充满了无声的呐喊。

再短的生命，也曾被家人捧在手心。回顾这短短三年的欢笑与泪水，家属要用多久才能将伤痛过滤掉，只留下美好的风景装裱在永恒的记忆里？我知道绝对要花比三年更长、更远、更久的时间，但我仍诚心地祝福他们，希望这些悲伤能尽快过去……

19

养的比生的大

为了延续跟爷爷的缘分，在讣闻上，所有子孙都把自己的姓氏拿掉，所有人都跟着爷爷姓。从此以后，无论生死，爷爷跟李家子孙都是紧紧相系的一家人。

认识阿巧，是在青少年时期。那个时候我们两个人都一样不爱念书，总爱闹事，又都很叛逆。我嫌自己的家没有温暖，有事没事就爱往阿巧的家里跑。我就是在那个时候认识了爷爷奶奶，还有叔叔阿姨这一家人。

那时和阿巧的爸妈围着餐桌一起吃饭，我觉得饭菜特别香，心里特别暖。更期待的是，接下来再一起到爷爷奶奶家吃烤肉、喝饮料，边吃边喝，边东南西北地聊天……那些日子，是我孤单的青春岁月里最美好的时光。

叔叔阿姨把我当亲生女儿看待，我跟阿巧之间的对话，也从“你爸、你妈、你爷爷、你奶奶”直接变成“爸爸、妈妈、爷爷、奶奶”。本来只是朋友的我们，也变成了亲姐妹。对我来说，他们就是亲人一样的存在。

十年过去了，该来的日子还是来了。

原本身体比爷爷还硬朗的奶奶，因为不小心跌倒，引起脑出血，突然就离开了人世。而年事已高，经常出入医院的爷爷，那时还躺在医院的病床上，虽然身体无法动弹，但是他的神智是清醒的。

病床上的他，眼球用力地转动着，大家都知道爷爷在拼命寻找奶奶的身影。他一定很紧张，这几天为什么奶奶都没有来看他。我们只好握着爷爷的手，噙着泪哄他："奶奶去旅行了，所以暂时无法来看爷爷……"

终究，我们没能瞒得过爷爷，他好像已经预感到发生了什么事情，身体日渐衰弱，眼神也越来越黯淡。没多久，医生就开出了病危通知书，这时大家觉得该把实情告诉爷爷了。阿姨靠近爷爷的耳畔，轻轻地告诉他：

"爸！妈先走一步了。"

二老像是约定好了一般，就在奶奶离世一个月后的同一天，爷爷也离开了。

“他们一定是偷偷约好了，现在手牵手一起去环游世界了！”叔叔阿姨边抹去脸上的眼泪，边这样安慰着伤心的自己。

当时，奶奶的告别式才刚结束，大家难过的心情都还没有平复。一个月后的半夜，我接到阿巧家人的电话……那个深夜，我颤抖着开车往爷爷家疾驰，一路上感觉有黑白无常跟我往同一个方向奔走，我一心想要比他们更早接到爷爷。

就快到爷爷家了，我发现，为了让爷爷“回家断气”而接爷爷返家的白色救护车就开在我前头，后面紧跟着的则是黑色的灵车。一白一黑，一前一后，生死交错的瞬间。

子孙们齐聚在门口，拉开喉咙喊着：“爷爷到家啰！爷爷到家啰！”那一刻，我也跟着大声哭喊，因为爷爷也是我的家人。其实现场所有的儿孙跟我一样，都是爷爷的家人。

是的，我们都是“没有血缘关系”的家人。

爷爷是退伍军人，年长奶奶很多岁，虽然这么多年他们两个人彼此陪伴、互相照顾，但他们并没有法律意义上的婚姻关系，而儿孙们都是奶奶与前爷爷留下的血脉。但人们都说，养的比生的还要大，爷爷跟这一家人的感情，是比亲骨肉还要深厚、还要亲密的。

儿孙们积极向有关部门争取，他们可以放弃那笔抚恤金，只求能取得爷爷葬礼的主导权。因为爷爷是我们的家人，料理他的后事就是我们该做的事，他人生最后一段路的每一步，都要由我们陪着他走。

相隔一个月，我帮爷爷安排了跟奶奶一样的灵堂，跟奶奶一样的告别式。所有的仪式、追思光盘，奶奶有的，爷爷也都有，甚至更为隆重，因为没有血缘关系的爷爷，这么多年来是如此尽心尽力，将这一家儿孙视如己出。

一般来说，告别式只需要派一位代表诵念追思文，甚或大部分都由礼仪公司的司仪代替。但是在爷爷的追思会上，每位儿孙都一一对他诉说了一定要让他“听见”的感恩和想念。

我想，在场的人应该没有人会相信，所有的家属跟爷爷都完全没有血缘关系。他们生前视爷爷为亲人，爷爷走后，为了延续跟他的缘分，在讣闻上，所有子孙都把自己的姓拿掉，所有人都跟着爷爷姓。这样，一家人的命运就这么紧紧地连在一起。从此以后，无论生死，爷爷跟李家子孙们都是一家人。

二老一起生活了大半辈子，这一世是没有名分的夫妻，下辈子，希望奶奶和爷爷可以有名有分再续前缘。我紧紧牵着这一家人的手，相信爷爷奶奶会在天堂过着幸福快乐的日子。

我和从小就认识的阿巧一家人。

20

信·念

你这一辈子，会在哪个阶段遇到什么样的人，听见什么样的话，从而改变你的一生？而最能扭转你的人生的，就在人生的最末端。

那天，我收到一条信息，信息的内容是这样子的：

“许小姐你好，我能了解一下孩子走了之后该办理的流程吗？我的孩子是先天性心脏病，可能需要二次手术，但因为孩子还很小，第一次手术时……差点就离开了，我怕他挨不过第二次的开胸手术。我怕到时候我无法好好地、平静地处理……”

看到这个信息时，我的第一个反应是揪心，我马上回复了她：

“孩子是否还在医院？状况如何？”

这位妈妈告诉我，孩子已经做完手术回到了家中，医生的评估是，可能还需要第二次大手术。而且医生在第一次手术时，就已经语重心长地告诉他们，要做好承担最坏结果的心理准备。

而这个孩子，才八个月大。

从这次的交谈中，我听到了一个重点就是：小宝贝已经回到家中，医生只是希望家属做好心理准备，“可能”要做第二次手术。这说明他还有活下去的机会！

我告诉家属，有机会让我去看看小宝贝。因为之前我习惯了，也喜欢跟找我咨询的家属做朋友，同时我也希望先认识被服务者。但是这一次，我的想法与平时不同，因为，我一点也不希望为这个孩子提供服务。

我相信，他会好起来。他这一趟艰辛的治疗之路，绝对不会白走。

隔了一天，他的妈妈传了一张孩子全身插管的照片给我。我捧着手机，竟然站在大马路边上流眼泪。可是奇怪的是，我看着孩子的照片却百分之三百地相信：这个坚强的孩子会好起来。

手机屏幕上，这个孩子虽然全身插满了管子，却睁着一双圆圆的大眼睛。虽然他只有八个月大，但从他眼里透出的，是无比强烈的求生意志。那双炯炯有神的眼睛传达出的是他“不想被放弃”的心声。我选择相信他，选择相信这个努力活下去的孩子一定会受到上天的眷顾。

他的妈妈一开始与我联系时，我能感受到她的绝望。看到孩子被手术折磨，以及在死亡边缘游走、与死神拔河的煎熬，让身为母亲的她不敢抱有哪怕一丝希望。她生怕哪天上天无情地将孩子带离她的身边，她怕自己无法承受那样的伤痛，所以在自己的心里筑起一道“我要失去他了”的心墙。

现在这个社会，很多人不愿也不敢去面对死亡，但这位妈妈，却在死亡尚未到来时就自认为失望透顶、走投无路，所以她才会鼓起勇气留言，询问丧事注意事项。说到这，我觉得我是一个非常不专业的殡葬工作者，因为我没有跟这位妈妈提起任何丧葬注意事项，没有公布我的公司名称，没有约定咨询时间，也没有告知预算费用。

我反而很激动地告诉她：“不要放弃他！”

“这位妈妈，我不想以讨论宝贝的后事而结缘，因为我希望宝贝可以渡过这关，可以好起来。我不希望有机会为小宝贝服务，但是你需要我时，一个电话，我都在。”我真诚地告诉这位妈妈，我很心疼，因为想到他小小的身躯要承受那么大的痛苦。

“孩子的病来得太突然，当时我们只是因为他吐奶才送他去医院的，谁知道隔天他就病危了。他很坚强，但我还是很怕。”这位妈妈的语气中流露出无助。

“他那么坚强！我们要相信他的努力！不要放弃！！”我激动地在电脑前打着字，想把信念传递给她。

我请妈妈每天告诉他：“宝贝你好棒！你是爸爸妈妈的骄傲！不管结果如何，爸爸妈妈都以你为荣，因为你是那么努力。”

几个月后，我在我的个人网页上看见了小宝贝的消息。

他康复了，孩子好起来了！我难掩心中的澎湃与激动，按着手机，只打了四个字，默默流下两行热泪：

“太！感！动！了！”

一般人没办法理解这几个字的含意，因为这种从绝望走到充满勇气的汹涌，只有我跟这位妈妈了解。这位妈妈说，我给了她一针强心剂，因为我告诉她不要放弃。

我用文字牵着这位妈妈的心，让她从心谷底部翻越深不见底的黑洞，让她看见一丝希望。这位妈妈和康复了的小宝贝，教会我一件事：信念能给人以希望。

这是我的一个特殊案例，我的特殊客户，没有去世的客户。

这是我的一次特别的经历，我没有为他提供服务，所以这次我一点也不难过。

而你这一辈子，会在哪个阶段遇到什么样的人，听见什么样的话，从而改变你的一生？而最能扭转你的人生的，就在人生的最末端。

这次的特殊服务，非常圆满。

○ ◉ ●

Black.
最后

◎ ◎ ◎

人生的尽头，谁也避不了，

无须害怕，也无须忌讳，

如果你也能感受到生命的重量，

黑夜的尽头，将迎来温柔的曙光。

如果也想入行

想知道适不适合加入殡葬业，先问自己能不能做到这“三不”原则：不找借口、不说理由、不逃避。这就是殡葬工作者的尊严和至理名言。

如果要用一句话惹毛殡葬工作者，那应该就是："你们做这一行很赚钱啊！"

我常跟想加入这行的朋友说，如果是为了钱才动念，那么还是趁早死了这条心吧！因为待在这个行业要付出的时间跟心力，绝对、绝对、绝对（重要的事讲三遍）跟获得的金钱不成正比。认真换算起来，时薪可能比便利店的兼职者还要低。

生命礼仪师更是没有生活质量可言，有时候听到与医院急诊室一样的电话铃声，哪怕是在快餐店，我也会吓得发抖，误以为那是召唤我去接运遗体的紧急来电。

也就是说，做这行，是没有下班时间的。

常有许多年轻朋友看了我的新闻、读了我的文章，就会向我诉说他们有满腔的热情想入行，但是对于这样的热情，我通常都先冷眼以对。因为关于殡葬业的美丽与哀愁，是要经历过、坚持过，才能讲得清楚、说得明白的。

有一次我的单位来了两个实习生，他们都是生死学相关学科毕业的，照理说这行业的诸多理论他们都没少看。其中的那位学弟，也曾在网上向我咨询许多关于这行的酸甜苦辣，并表现出高度的热忱。

很“幸运”地，他们刚来实习的第一天，就要协助检察官相验遭受意外事故的遗体。验尸的过程中需要把所有纱布都拆掉，以便拍照存证。只要看到被纱布紧紧缠裹住的遗体，内行人就知道等一下要准备“拆礼物”了。

通常这等规格的包扎手法，预示着遗体不是这里断掉就是那里有缺失，需要一些胆量跟经验才能处理。面对眼前的遗体，我问学弟和学妹：“怕吗？”两个人都很有自信地跟我摇了摇头。

拆掉层层纱布后，我们果然发现，亡者的小拇指断了一截，仅靠着残存的皮肉与手掌相连。我跟学弟刚好站在靠近小拇指的地方，我们在帮遗体翻身时，要小心不让晃动的小拇指断掉。学弟的脸色越来越难看，皱紧的眉头上仿佛大大地写着："我的老天爷啊！"我能感受得到他面对遗体时是相当恐惧的。

其实，刚实习就处理这么复杂的遗体是件好事，早点遇到才能早点确认，自己究竟有没有足够的胆量捧稳这个饭碗。

几天的实习下来，处长也把自己做这行做到离婚的心酸史跟他们分享了，就是希望他们能有置之死地而后生的决心。我请他们回去认真考虑去留的问题，学妹说会好好想想，学弟则是当场拍胸脯宣示，他一定要留在这行。

正当我为学弟的执着称赞不已时，他却开始三天两头地请病假。我担心沉重的心理压力让他的身体吃不消，赶紧帮他加油打气："你是我在这行的第一个学弟，我很看好你，要保重身体，打败感冒，快快好起来！"当时学弟回应我一个大大的感动微笑。

本以为一切会渐渐步上正轨，谁想学弟却又开始迟到，早上 9 点的班，总是 12 点才见到人，而且他每天迟到都有各种理由。我只好郑重地告诉他，如果有心就好好地去跟处长道歉，如果没心就趁早离开。学弟似乎有所触动，很有诚意地跑去跟处长自我反省了一番。

没想到，第二天他竟然整个人人间蒸发。

关于这位小学弟的故事，结局当然就是被辞退了。自此，也让我对只是空谈梦想的朋友保留了再观察的空间，生怕又是一个“乱入”的案例。

要在这个行业立足，从来就不是一件轻松浪漫的事。16岁时，我也曾经是个不懂事的小丫头，有一次我睡过头，也跟学弟一样随口掰了个理由，就没有再出现在告别式上。那时的我心想：反正我是新人，什么都不会，也派不上用场，不去应该没影响吧！就这样，我忽略了一个做人、做事最大的原则——负责任。

我因此被老板封杀了整整一年，挖苦和谩骂一天没少过。当时我的内心很委屈，总觉得哪有这么严重，需要这样小题大做吗？也觉得这个圈子的人好可怕，萌生了“不想继续待在这里了”“这个工作可能不适合我”等许多的负面想法。

跟“去还是留”角力了一个月后，我决定跟自己承认：“是我的错！”我转换心态，重新出发，用心学习，努力甩掉身上“不着调”的标签。我不用“嘴”来解释，而是用“做”来让公司重新定义我。

终于有一天，我接到老板亲自打来的电话，之前他已经对我视而不见很长一段时间了，我原以为又要挨骂了，结果他却是特意打电话通知我，哪一天哪个殡仪馆哪个厅，需要我去执行任务，千万不能迟到。

我知道这通电话的意义，与其说是不放心的叮咛，不如说是为我解开心结的仪式，我终于熬到公司肯把重要工作托付到我手上的这一天了！回首从前，感谢当初老板对我的严苛，感谢他们对做人、做事认真诚恳的坚持，还有他们对工作的重视和负责。正是这些珍贵的养分才让我坚强起来，才让我像现在这样独当一面。

不找借口、不说理由、不逃避，乃是殡葬业人生的大事。

我之所以会一开始就给想要加入这个行业的新人泼上一桶冷水，其实是想反向去激励他们，让那些没有被吓跑的人进来后，觉得：“其实也还好嘛，没有妃妃讲的那么可怕啊！”

期待新人会更有韧性，跟我一样努力地在这个“黑色”的行业里，当一只清静的浅水鱼，尽享其中清澈美丽的风景。

想知道自己适不适合加入殡葬业，先问自己能不能做到这“三不”原则：不找借口、不说理由、不逃避。这就是殡葬工作者的尊严和至理名言。

问题与解答

关于每个人都会遇到的身后事

Q1 如果家里有人过世，第一步该做些什么？

这个问题，我想打上三个星号，因为太重要了。如果家里有人过世，第一件事就是打电话给你信任的殡葬礼仪公司、殡葬工作者。其实我不推荐大家在“亲人过世时”才去想如何处理后事，如何面对死亡。事先咨询、提前准备，不但能够让当事人拥有自己的殡葬自主权，也能让事情发生的当下大家不会手忙脚乱，更重要的是生命礼仪师也能根据事先讨论好的方案，在当下给予家属最大的帮助。

每当我谈起我的工作，或是讨论死亡，亲戚朋友们总会说，“乌鸦嘴，不吉利，不要讲这个”“不要收这种名片，还不需要啦”之类的言论；但避讳死亡与殡葬咨询的结果就是，当事情发生时，你才发觉自己毫无准备，只能任人摆布。

可能有人会说：“平常谁会认识这种人？”

亲爱的朋友，我们不是哪种人，我们是在你们遇到人生最不想遇到的事情时，唯一能帮助你们的人啊！

Q2 家人过世之后有哪些一定要办理的手续吗？

整个葬礼流程下来，家属要办理的手续很多，从死亡发生之后开立诊断证明、死亡证明，到申请殡葬场所的使用许可、一个月内销户，以及后续的遗产分配、申请丧葬补助之类……相当烦琐。所以请找有经验、可信赖的殡葬礼仪公司，他们会帮助你。

Q3 死亡证明书怎么申请？向谁申请？

以台湾地区为例，死亡证明书的申请，需准备亡者身份证或户口簿原件等核对资料，最好准备 10 ～ 15 份复印件。一般来说，自然死亡走的是行政模式。如果是在医院去世的，会请医生开具死亡证明书；若是在家里去世的，就得通报卫生所或是指定的医疗机构，请医师检验尸体后，开立死亡证明书。

Q4 选择在家断气和不在家断气有什么不同?

“回家断气”这一说法，是源自传统上，老人家会希望“落叶归根”，所以他们大都希望在家里寿终。但现在的人因为疾病而死亡的比例越来越高，能在家里自然离世的人就越来越少了。另一方面，现代医疗技术越来越发达，一般来说，家人感觉情况不好时，会第一时间将其送往医院急救，若最终抢救无效去世，也不会在家安灵，他们会将遗体直接送往殡仪馆。

现在这种“回家断气”的民间礼俗，也衍生出很多象征性的替代方式。比如在医院去世的人，已经被医生确认呼吸或心跳停止，但是将呼吸管留在遗体上，待救护车将其运回家之后，再由专业人员象征性地拔管。

若临终的人在医院还能呼吸，我不建议将其接回家断气，因为回到家以后，需要拔管时就没有专业医护人员的帮助了。我曾无数次看到过，拔掉呼吸管的那一刻，他们不舒服的模样……

以前还曾遇到过，家属请我们去他家待命，准备帮“过世”的奶奶更衣、化妆。原本他们说马上要从医院回来了，结果三进三退奶奶都没有断气，甚至救护车开到家门口时，奶奶还用方言说：“啊！到厝了喔[①]……”

所以同样是“回家断气”，不同的解读会有不同的处理方式，家属与生命礼仪师之间必须沟通好。

Q5 料理身后事要准备很多东西，一定非得花那么多钱吗？

记得当初上遗体美容、遗体修复课时，一位法医老师给

① 意思是：回家了。

了我一个很重要的观念："不需要让家属花太多钱，去添补一些原本就不属于亡者的东西。"这个观念深深地影响了我，所以对我来说，这种事情没有所谓的"一定"。

现在的殡葬礼仪公司大都有套餐式服务，不同服务套餐的价格落差其实在于所用商品的等级，以及一些家属可以自行选择的服务项目。有些家属可能认为"我们不需要这个，我们想简单办理"，也有的家属会认为"我们希望可以办得风光一点"。或许亡者生于望族，或许他生前喜欢热闹，又或许这是亡者生前自行参与设计的方案……这都很难说，所以料理后事的费用是建立在人们的需求上的，并不是孝顺或不孝顺的表现。

常常有家属问我："我这样办应该不会太寒酸吧？会不会失礼，不够庄严？"葬礼不是只有告别奠礼那天，当你在疑惑这些问题时，应该去想想：这场葬礼对你来说代表了什么？你想给予什么？你就会知道你该把钱花在哪里。

好比我曾经遇到过的一组家属，一开始他们说："我们要选最快的好日子火化，不要告别奠礼，也不需要发讣告、做七、做功德，我们希望3万块左右就能完成妈妈的身后事。”

我一口答应下来，但在签约时，女儿指着要价30万的骨灰坛，说：“我要买那个给妈妈。”

你说他们寒酸吗？你说他们不孝顺吗？其实真的不是，只不过他们知道自己在处理亲人的后事时最重要的是什么。每组家属或每个人关注的重点不同，这时，妥善沟通最重要。

Q6 想为宠物办理后事，台湾地区有这种服务吗？

台湾地区现在已经有专门协助办理宠物后事的宠物生命礼仪组织，甚至也已经有主人为宠物办过告别奠礼。很多流程几乎是比照着人的葬礼来办理，细节也一样需要妥善地与宠物礼仪师进行沟通。

Q7 什么是“遗体 SPA”？一定要做吗?

“遗体 SPA”是在葬礼过程中需要额外付费的净身服务。主要是为亡者做最后的净身按摩，要求温水洗净，三点不露，家属可以全程参与。

服务人员会为亡者做精油按摩、修剪指甲、清洁口腔等，服务内容也可以根据家属的需求及亡者的生前喜好做调整。业界有很多不同的专业遗体 SPA 公司，每一家的方式及内容都不尽相同，但是跟一般净身的落差真的很大。一般净身就是做表面基础清洁，不能有太多要求，一般都会在殡仪馆的化妆室进行，所以家属不太可能参与。

做不做见仁见智，但是只要是我服务的家属，我都会极力推荐，虽然家属听见费用都会犹豫一下，可是最后，当他们看见亲人做完 SPA 安详的样子时，都会很感动。这是最直接花在刀刃上的一笔钱，且是看得见的，是能让亡者“享受”得到的。

Q8 墓地要如何选择?

一般来说，家属都会先考虑经济状况或亡者喜欢哪种环境，但我的建议是，应该优先考虑“以后去祭拜的家属喜欢哪种环境”。因为墓地是后代子孙慎终追远的重要地点，有些家庭可能一年就只有节日祭祖那天会去，太远、太高或者选的环境不好，导致最后没有人去祭祖，就失去了当初购买这个墓地的意义。

很多家属都会通过向亡者掷筊来决定墓地的选择，有时候会用一块高价位的墓地和一块平价的进行比较。假设高价位的墓地是亡者喜欢的，但是远到十万八千里，家人前往不便，或者家人本身膝下无子，以后没有人会去祭奠，墓地再贵、再豪华其实都没有意义。

所以我都建议我的家属，葬礼的任何过程都不能将就，首先应该对家属的实际生活状况进行评估，然后筛选出最适合整个家族祭奠的环境，再去问亡者。若掷筊结果是亡者不同意，我们也要告知亡者这样那样的原因，与其沟通，尽可能地说服他。我相信，任何一位亡者，都不会想在离开人世之后再给家人带来困扰。

关于台湾地区的丧葬礼俗

Q9 掷筊，怎么问才准?

其实，掷筊问话真的需要技巧才能问得到。大家必须了解，面对牌位真的不适合一来一往的讨论，掷筊能给的答案无非就是这几种：好与不好，要与不要，有与没有，喜欢与不喜欢。

常常有家属这样问：“爸爸，这里有两件寿衣，你喜欢哪一件？”扑通！当筊钱掉到地上时，家属看着一正一反的结果才想起刚刚自己到底问了什么。

跟大家分享我的做法，当我遇到家属希望尊重亡者的意见时，我会告诉他们，掷筊能给的其实是心安。家属应该先凭自己对亡者的了解做筛选，比如有两件物品，家属应该先选择一件他们觉得亡者会喜欢的，再去灵桌前掷筊。问的问题是：

“我们帮您选的这件喜欢吗？如果您也喜欢请给我一个圣筊。”

不过其实真的不用太操心，因为，只要是家人替自己选的，亡者一定都喜欢。

Q10 家属的信仰不同，葬礼该如何办理？

我遇到过很多这类的问题，但是我很幸运，到最后看见的都是和平、圆满。记得有一组家属，他们的家族相当庞大，那时候他们都聚在医院准备将遗体接运到殡仪馆。一部分家属信仰佛教、道教，一部分家属信仰基督教、天主教，亡者身上只盖了不显示任何宗教信仰的白布。子女们则分两批进行悼念，信仰佛教和道教的先进来念几句佛经愿妈妈一路走好，接着换基督教或天主教信仰的子女以祷告祝福亡者。

信仰决定的是每个人给予祝福的方式，不是仪式的处理方式，礼仪师与家属沟通好，家属之间协调好，才能在亡者生命的最后，延续家庭的和谐与安宁。

如果亡者本身信奉佛教，礼仪师会建议以亡者本身的信仰来办理，但是不需限制每个人的祝福方式（例如，要求前来祝福的人不能祷告，或者一定要拿香），因为不管是什么信仰，都应该被包容。

Q11 莲花和元宝到底要折多少才够呢?

这道题我一样回答见仁见智，没有固定答案。现在已不像以前生命礼仪师说多少就多少的时代，现在的家属都有各自的需求，就像我说过的，每个人的关注点不一样。我曾遇到过非常注重环保的家庭，他们一张纸也不烧，一件衣物也不烧！

我最常被家属问到的是，这样会不会不够？这样子他收得到吗？我通常会很直接地回答：“他能不能收到我其实真的不知道。”接着会跟他解释折莲花、元宝的用意也是为了安抚家属们的心灵。

假设你告诉家属：“你折得不够多，他会不够用，一定要折 108 朵，库钱要烧三五百包才够！”结果家属们日也折、夜也折，他们白天还要上班，人手又不够，不就给他们造成压力了吗?

莲花、元宝折多少是心意，库钱烧多少也是心意，我最后都会半开玩笑地跟家属说：“别担心，如果不够用，他会托梦给你的。”

Q12 白发人真的不能送黑发人最后一程吗？送了会有什么影响?

传统礼俗认为，晚辈比长辈先一步离世是不孝，所以很多特定礼俗长辈不能做。每个传统都有它的意义，美好的传统我们可以延续它。

丧亲的悲伤如果有轻重之分，最痛的就是丧子之痛！传统葬礼要求长辈不得相送、相拜，其实是怕长辈伤心过度，所以不让长辈去送这最后一程，去经历这个痛苦的离别过程。但孩子的离开已经是事实，我的做法是，会努力不让家属遗憾。如果家属很想陪伴孩子走这一段路，我会上前告知礼俗来由，让家属自己斟酌，减少因遵守礼俗而带给他们的遗憾。

Q13 人去世之后一定要放在家里助念 8 小时吗？

常常听到有人说：“不行！一定要助念 8 小时！我们要助念 8 小时！”因为按照过去的传说，人在去世后的这 8 个小时里，灵魂跟肉体还没完全脱离，但事实上，要不要助念 8 小时得看亡者的遗体状况及生前状态。

我在太平间遇到过很多家属，他们不听我的劝导，坚持要助念满 8 小时，但他们没有考虑到亡者生前可能因病服用了很多药物，在这样的情况下，身体机能停摆后，遗体腐败的速度会很快。

我从来不会对我的家属态度不好，但唯独这点，我宁愿冒着得罪家属的风险，也要告诉家属其严重性。虽然我本身也有信仰，可是我相信不管是神还是佛祖，都会支持我的决定。说个最直接的，若亡者因车祸去世，满身是血、全身是伤，面对这种遗体仍要助念 8 小时吗?

助念的本意是善的，是为了静待家属全员到齐，就是传统上的“最后一面”，但不是每位亡者的遗体都能在室温下放置 8 小时。如果你是家属，请相信专业人士的意见；如果你是业内人士，请用你最专业、最真诚的建议，让你的家属明白为什么要助念，为什么不可以助念。

如何成为殡葬工作者

Q14 要怎样才能进入这行?

如果你是学生，把该完成的学业完成，然后从最基础的人力岗位做起，了解整个殡葬礼仪流程。不要小看人力人员，他们是整个殡葬业的螺丝。有的葬礼负责人不会净身、不会化妆、不会礼生，也许对他们来说，这些不用他们自己动手，但是我要说，从人力岗位做起的人更有获得圆满的能力！因为在很多细节的处理上，他会比别人还要严格。人力人员，帮助了很多"蜗牛"公司——一通电话使命必达。

Q15 有资格证就能当生命礼仪师吗?

我真的要说，与资格证相比，经验真的重要一百万倍。有乙级资格证的大学生，还是要具备两年的从业资历才能挂名礼仪师，重点是，两年的资历基本上学到的还只是皮毛。

资格证是行政机关要求的从业资格，也是证明自己的方法，没有资格证不能从事这个行业。但资格证不代表能力，虽然可以借此证明自己有基础，但千万不要为了考资格证而死读书。若工作时只按照课本里的死做，你很快就会缴械投降。因为每个地区、每个村落都有自己的礼俗，东边是一种，西边又是另一种，客家一种，闽南一种，外省又一种，甚至还有你听都没听过的。这么多礼俗要怎么遵守，靠的不是课本知识，是经验和临场反应。

多念书没有错，我们可以从书本中获取很多丧葬礼仪的常识，但是殡葬仪式的所有流程，是做到老学到老的，甚至很多古礼现在都已经慢慢被省略了。

资格证是加持，经验才真的值得崇拜。

Q16 如果拿到资格证，可以不从基层开始做，直接当礼仪师吗？

从事殡葬行业不要只以当礼仪师为目的，要以能圆满处理整个殡葬礼仪流程、处理好所有的细节为目的。就像我上面说的，不是考完资格证，有了两年资历，有了礼仪师的头衔就可以满足了，因为积累经验才是重点。我认识很多很厉害的前辈都没有资格证，为什么呢？因为他们每个月经手那么多的工作，根本没时间参加考试，资格证对他们来说只是加持，没资格证的他们一样有他们的本事。

Q17 做这行遇到的最大困难是什么？

老实说，我很幸运，我念书的时候曾在服饰店打工，当时我的老板就是开殡仪公司的。他是做道士起家，所以我学到了很多人一开始学不到的殡葬礼俗。

不是你想进入这行，就一定适合这行。我也曾经任性过，也曾因睡过头迟到被封杀了一阵子。因为年纪太小不懂事，我也当过花瓶，也被人说过很懒、不做事等很难听的话。殡葬工作者要面对的事情太多了，要克服的困难成百上千种，关关难过关关过，过了还要继续过。

在这个圈子里，一件事从发生到人尽皆知不会超过5分钟，而且，大家对这件事的描述也绝对不会只有一个版本。所以你的心，要够大。不是因为要面对遗体，而是要面对各种各样的人心。

Q18 进入这行需要具备什么样的能力?

准备好一颗不顾一切为家属和亡者付出的真心即可。

Q19 要怎么样才能做到跟妃妃一样厉害?

我真的没有很厉害，我只是比别人多做了一些他们没办法专心做的事情，在一些他们已经放弃的事情上坚持得更久而已。

还是四个字：视丧如亲。

Q20 家里人不同意我做这行怎么办?

做这行已经很辛苦了，别再跟家庭“闹革命”了，家人的支持非常重要，一起加油吧!

结 语

我是许伊妃，是一个在殡葬行业浸泡了八年的女生。

很多人问我："你从事殡葬行业的这些日子，看过最多的是什么？是遗体？告别奠礼？家属？"

不，是无常，是悔恨，是遗憾。

书里，我用了几个故事分享无常，最后也有几句话想分享给大家：

"是明天先到，还是无常先到，我们无法预知。唯有珍惜每一天、每一分、每一秒，珍惜身边的人，好好把握当下，才能做到无憾。"

书里讲到的几个自杀的案例以及我与抑郁症对抗的心路历程，是为那些正被抑郁困扰的读者加油打气的。勇敢求救，并非弱者，生命必能找到出口。另外，人生末端暗藏最多的就是遗憾，遗憾有很多种，不敢爱的人、来不及说的话和不够努力的过去。

这本书读到最后，大家或许会困惑，我这些琐碎的举动和自己找自己麻烦的行为，会让我得到什么，不会让我得到什么？答案就是：我能感受到家属给我的最直接的力量和最大的信任，以及我将成为他们最深刻的记忆。

不是每个人的人生都能一帆风顺，也不是每段人生的结尾都很精彩。走了八年，我从来没有喊过一声痛，因为我在挑战自我。我的脊柱曾受过严重的伤，我试过了千百种方法依然无法痊愈。在为遗体化妆的过程中，我往往一弯腰、一低头就是两个小时，甚至更久；即便直起身来，腰部也会有酸痛感，但只要看到家属满意的表情、温馨的微笑，我的任何疼痛在当时那一刻皆不药而愈。

不管你从事什么工作，都不会因为你是女孩子而被特别照顾，也不会因为你有什么不足而被人善待。你必须挑战自己身体的极限，才可以创造无人能敌的工作成果！

什么是殡葬行业，什么是生命礼仪？

对我来说，“真正的圆满”无非就是日复一日地付出、奉献和祝福。但这些付出，不是等价交换，而是不求回报地去爱。这些不求回报的爱，会让你收获更多，拥有更多。

从踏入这行的第一天起，我始终坚持初心，我拍的每一张照片背后都有一个故事。我用我的坚持、用我的日记、用我的态度完成了今天这本沸腾着“生命力”的书。我也更加相信：这个世界上，没有等来的成功，只有努力来的成果！

最后的最后，我感谢那些生命教会我的事。世界上最快又最慢，最长又最短，最平凡又最珍贵，最容易被忽视又最让人后悔的是“时间”。把每天当作最后一天来活，勇敢地，道爱、道歉、道谢、道别。

我是一个在生命尽头工作的人，我从人生的最末端看到了起点，我透过“他们”的结束，有了新的开始。

谢谢你认真看完我的书，谢谢你用生命中最珍贵的时间，感受书里面我这八年的温度。希望，你也能从这本书的最末页，看见你生命里最亮的那道光！

要在你的工作中发现感动，体会温度；要在每一次的任务中，延续热忱；要在冰冷的生命尽头，散发光热；要在那些冷嘲热讽中，坚持自己！

我是许伊妃，我用我的职业，感受生命的重量。

在黑暗中，我看见生命的意义——妃语录

珍惜别人辛苦扛起的每一片瓦、每一块砖，因为正是这些成全了我们的舒适和温暖。

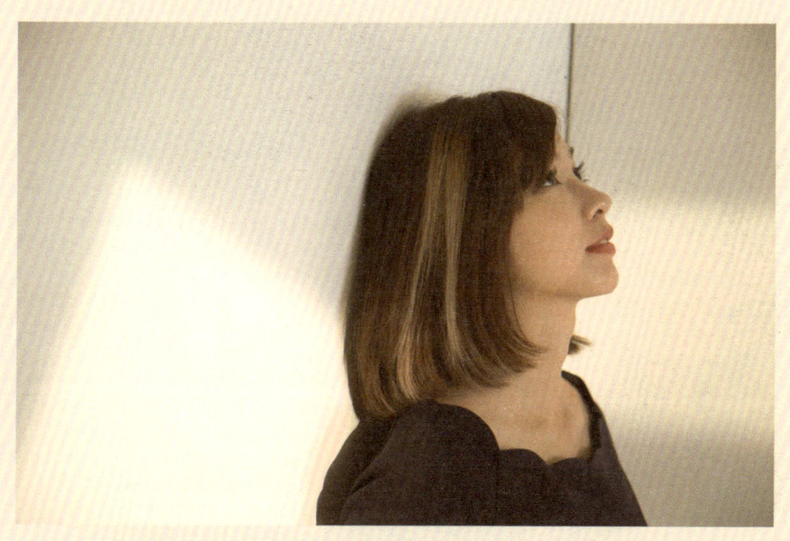

“谢谢你”是最单纯也是最真诚的感谢方式。

走好，是没有悔恨地说再见；勇敢，是去面对他的离开。

信念，能给予人类希望。

不管你从事什么工作，都不会因为你是女孩子而被特别照顾，也不会因为你有什么不足而被人善待。

永远不会褪色的，是你与至亲一辈子爱的回忆。

而存档的地方，在脑海里。

把每天当作最后一天来活，勇敢地，道爱、道歉、道谢、道别。

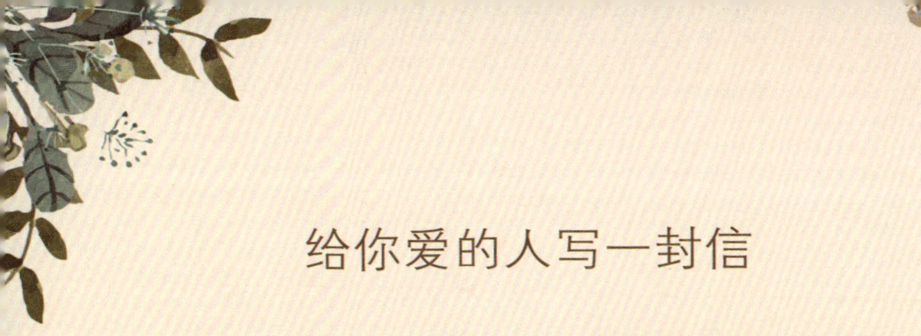

给你爱的人写一封信

告诉他（她）你很爱他（她）、你很想他（她）、你很感激他（她），你希望他（她）原谅你，你有一些温暖的故事想与他（她）分享，你想永远陪着他（她）……